數民族文學史

李穆南，郤智毅，劉金玲 編著

每一個故事都是一幅歷史畫卷，
象徵著前人智慧與時代變遷

祈禱豐年、自由戀愛、鋤奸除惡、反抗暴政……一起踏入這片文學沃土，感受少數民族的文化內涵

目錄

前言

文學乃是以語言為工具的、以感情來打動人的、社會生活的形象反映。文學作品之所以能用感情來打動人，一方面是由於作家本人受到強烈的感動並有較高的表達能力，另一方面是因為在一般情況下作家的感情乃是基於人性的，所以能與讀者相通。

文學的演進不僅有賴於人性的發展，也有賴於藝術成就的不斷提高。例如，文學必須把基於人性的強烈情感具體、豐富、生動、細膩地表現出來；尋求並掌握最動人的瞬間；將作家的感情融入作品中的眾多人物並使人物的感情更為豐滿和鮮明、形象更為真實和突出、其命運更能扣緊讀者的心絃；把作家的感悟滲入作品的感情和人物；準確、優美地運用語言以便恰如其分地表達作者所要表達的內容等等。這是極其艱苦的創造。歷史上的許多作家為此而不倦地探索並努力付諸實踐。在這樣的探索、實踐的過程中，形成了許多原則，出現了種種具體的手法，既有成功的經驗，也有失敗的教訓。透過世代的累積，成為文學在藝術上不斷更新的依據。沒有這一切，文學的發展是難以想像的。

前言

中國文學在世界文學之林中占有著重要的一席之地。中華民族五千年的燦爛文明催生了璀璨奪目的文學明珠，樹立了一座不朽的文學殿堂。

一部文學史所應該顯示的，乃是文學的簡明而具體的歷程：它是在怎樣地朝人性指引的方向前進，有過怎樣的曲折，在各個發展階段之間透過怎樣的揚棄而銜接起來並使文學越來越走向豐富和深入，在藝術上怎樣創新和更迭，怎樣從其他民族的文藝乃至文化的其他領域吸取養料，在不同地區的文學之間有何異同並怎樣互相影響等等。要寫好一部文學史，是一項浩大、繁難的工程。這是我們追求的目標，但我們的實踐與這目標之間肯定存在著不小的距離。

因本書規模較大，編寫時間倉促，書中難免存在錯誤，敬請廣大讀者朋友們批評指正。

原始社會少數民族文學

古歌謠

北方地區古歌謠

中國北方地區蒙古、滿、朝鮮、達斡爾、鄂倫春、鄂溫克、赫哲民族的先民，生活在茫茫的林海雪原。在漫長的歷史時期中，狩獵成為他們最主要的謀生方式，其次是採集。兩者決定了他們的生活習俗、宗教信仰和心理狀態，從而對其古歌謠的內容和特徵形成了規定。

◇（一）勞動歌

勞動歌主要指直接反映勞動生活的民歌，包括勞動號子、漁歌、船歌、獵歌、樵歌、採茶歌、舂米歌、車水歌等等，它在古歌謠中占有重要地位。勞動歌直接源於勞動生產，反過來又發揮了協調勞動動作，減輕疲勞、提高勞動效率的作用。歌唱形式多為「一唱眾和」，其節奏與勞動本身的節奏相適應。在中國少數民族勞動歌中，還有一部分是表現原始先民的願望和思想情感的。

鄂倫春族和鄂溫克族在解放前仍處於原始公社末期，階級分化並不明顯，故儲存了豐富的原始遊獵生活的民歌。鄂溫克族敘事體的〈黃羊歌〉以老黃羊和小黃羊對話的形式，從反面表現了獵人的生活。

鄂倫春族的〈我從小生長在興安嶺〉、〈喜歡〉、〈高高興興的興安嶺〉等表現了人們對狩獵生活的熱愛。

達斡爾族和赫哲族還保存了不少漁獵古歌，主要有〈打獵人的歌〉、〈打雁歌〉、〈捕貂歌〉、〈富饒的大河〉等。

達斡爾族較早的歌謠還有〈放鷹歌〉、〈採果歌〉、〈採柳艾〉等。

◇（二）生活歌

生活歌，通常是指反映人民群眾日常勞動和家庭生活狀況的歌謠。包含的內容非常豐富，題材也很廣泛。如田歌、牧歌、婦女歌、孤兒歌、流浪兒歌等，表現了不同境遇的人民的生活及他們的痛苦和歡樂。例如北方少數民族先民的生活歌，描述了他們的生活環境和生活習俗，表現了人們的生活情趣。

此外還有不少舞蹈歌詞是家喻戶曉的民歌，達斡爾族稱作「名日格勒」或「哈肯邁勒」，鄂溫克族和鄂倫春族稱作「魯克該勒」或「名日該仁」。

西北地區古歌謠

居住在中國西北地區的維吾爾、哈薩克、回、烏孜別克、柯爾克孜、塔吉克、俄羅斯、塔塔爾、土、撒拉、保安、裕固、東鄉、錫伯等民族，它們的先民雖然或為土著，或後來遷徙到這一地區，但其歌謠都帶有草原文化的風采，與茫茫瀚海、皚皚雪山、遼闊草原結下了不解之緣。歌詞簡短、質樸、雄闊，有著西北地區的特殊風格。可惜輾轉相傳，大多散佚，只有少量被後人補記在《突厥語大詞典》等典籍裡。

〈敕勒歌〉是記載於漢文典籍的維吾爾族先民最古老的歌謠，歌詞如下：

敕勒川，
陰山下。
天似穹廬，

籠蓋四野。
天蒼蒼，
野茫茫，
風吹草低見牛羊。

這首古老的歌謠，描繪了敕勒人生活的陰山腳下敕勒川草原的風光：天地遼闊，蒼茫壯麗，氣象雄渾，牧草懷抱中的牛羊給大地帶來勃勃生機，意境深邃。表現了氏族時代人們經歷第一次社會大分工之後，從原始狩獵方式中走出來，過著逐水草而居的游牧生活的情趣。

西元五四三年，東魏高歡率軍攻西魏宇文泰，為激勵將士，令部將斛律金高唱此歌，以挽頹勢。此歌約產生於西元四二九至四七二年之間，中外突厥學家認為，原歌當為敕勒語，譯成漢語後，顯然受到了漢族古詩格律的影響。

西南地區古歌謠

生活在中國西南的雲、貴、川、西藏等省區的有屬於漢藏語系藏緬語族、南亞語系孟高棉語族的納西、彝、藏、白、怒、羌、景頗、哈尼、傈僳、門巴，普米、拉祜、珞巴、基諾、土家、獨龍、阿昌、佤、德昂、布朗等民族，他們以能歌善舞聞名於世。從相關資料看，這些民族在氏族公社時期都有豐富的古歌謠，可惜大部分都淹沒了，流傳下來的作品，有些是祈求農業豐收及豐收之後酬神時唱的；有的是狩獵前後唱的；有的是祭祀時唱的；有的是請神驅鬼時唱的。其中以勞動歌最為豐富，極有價值。

◇（一）勞動歌

西南地區的勞動歌非常豐富，有敘述勞動簡單過程的，有傳授勞動經驗的，有表達對勞動成果的某種願望和情緒的。其中獨龍族的〈獵歌〉、納西族的〈犛牛歌〉、怒族的〈龍潭〉、珞巴族的〈漁歌〉等都很典型。

華南地區古歌謠

華南地區少數民族古歌謠指的是嶺南百越後裔壯族、侗族、布依族、傣族、黎族、仫佬族、毛南族、水族、仡佬族、京族十個民族先民留下的氏族社會的韻文作品，主要有勞動歌、風習歌和神話短歌。其中以傣族先民的古歌謠最為豐富，這些歌生動地描述了傣族祖先的狩獵、採集、婚配、祭祀等廣泛的遠古社會生活，有很高的史學價值。

◇（一）勞動歌

主要有〈彈歌〉（吳越）；〈牛歌〉（壯族）；〈摘果歌〉、〈蜈蚣歌〉、〈拔刺歌〉、〈虎咬人歌〉（傣族）；〈藍靛歌〉（布依族）；〈砍山歌〉（黎族）等。

傣族還有一些古歌謠，其內容是反映勞動的危險、艱辛及傳授與大自然抗爭的經驗、知識。這些歌告訴我們，在生產水準低下的原始社會，人們生活多麼艱辛，勞動中充滿了各式各樣的危險。從這裡我們不難理解他們在神話中所創造的夢幻般的世界背後的辛酸淚。

◇（二）風習歌

風習歌即反映人們風俗習慣的歌謠。華南各民族的風習歌反映了古代越族先民的風俗，主要有〈螞蟲另歌〉、〈唱東靈〉（壯族）；〈憶祖歌〉、〈祭祖歌〉、〈英郎美道〉（侗族）；〈睡覺歌〉、〈叫人歌〉、〈關門歌〉、〈鬧火塘〉（傣族）等。

中東南地區古歌謠

中東南地區的苗、瑤、畲、高山等民族的原始歌謠極為豐富，流傳至今的古歌謠以反映勞動生產和娛神祭祖為主題。勞動歌謠多係即興創作，感事而發。或描寫生產勞動的情景，或抒發對勞動及勞動成果的感情，率直自然，熱情誠摯；祭祀歌則服務於一定的宗教目的，往往莊重嚴肅，宗教色彩濃郁。

◇（一）勞動歌

苗族的〈打殺蜈蚣〉、〈居詩老〉、〈則嘎老〉等都是苗族文學史上具有代表性的勞動古歌。它們從不同角度表現苗族先民勞動生產的豐富內容，具有濃厚的生活氣息和神奇色彩。

〈打殺蜈蚣〉流傳於貴州黔東南清水江兩岸，長達千行，採用輪迴問答形式，鋪陳敘事，跌宕起伏。它以擬人化的藝術手法，反映始祖姜央開荒拓土、打殺蜈蚣的動人情景。遠古時，姜央率眾以「手指當鋤頭」，「衣袖當撮箕」，胼手胝足，披荊斬棘，「開了一天又一天，開了一年又一年」，姜央開闢生存空間的艱苦努力，導致與占山霸嶺的蜈蚣的衝突。

姜央與蜈蚣爭奪地盤，釀成一場刀光劍影的惡鬥。在〈打殺蜈蚣〉這首充滿神話色彩的詩歌裡，蜈蚣代表威脅人類生存的自然力量，姜央則是遠古初民的神性英雄。姜央與蜈蚣的抗爭，象徵生產力低下的遠古人類與自然之間的對抗，表現了人類制服自然、奪取勝利的願望與精神。

〈居詩老〉和〈則嘎老〉流傳於雲南東北部和貴州威寧等地。均約百餘行，採用押韻不押調的長短歌體。兩首歌謠都以苗族祖先的名字為題，表現祖先居詩老、則嘎老率領子孫開疆拓土、艱難創業的事蹟。全詩篇幅簡練，結構完整，敘事與抒情兼備。不但謳歌了艱苦創業的民族傳統，而且融會了先民豐富的生產和生活知識。

高山族長期處於原始社會階段，產生了許多以原始漁獵兼農耕為題材的歌謠。例如平埔人諸羅山社的〈慶豐年歌〉、蕭壠社的〈種稻歌〉，以及其他社人世代相傳的打漁歌、捕鹿歌等，都從不同側面反映了高山族原始社會的古樸風情。傳奇般的狩獵生活，是高山族勞動歌的主要內容之一。

高山族有些古歌謠保留著用呼聲復沓而成、歌舞默契結合的原始風貌。這類勞動歌與舞蹈渾然一體，顯然是人類詩歌發展史上原始時代「有音無義時期」的產物。

◇（二）祭祀歌

高山族原始社會崇奉萬物有靈，配合漁、獵、農耕、征戰等社會活動，產生了名目繁多的祭祀歌。祭祀歌為既定的宗教目的服務，或頌揚祖先功德，祈求護佑，或祀神禳災避禍，祈求農耕漁獵的豐年。

卑南人的〈猴祭歌〉是為青少年入會所受訓前消災祈福舉行殺猴祭儀而吟唱的祭祀歌。包括「祭猴」和「葬猴」兩部分。「祭猴」闡明殺猴禳災的宗教目的，「葬猴」敘述隆重安葬神猴，請求猴靈攜邪魔禍祟遠遁。它透過擬人的手法，盛情宴饗猴靈，千言萬語叮囑它到遙遠的東方詩樂託山安身立命。

賽夏人在莊嚴的「矮靈祭」儀式上吟唱的〈矮靈祭歌〉，主要是祭祀「達愛」亡靈的古歌。達愛據說是遠古時代先行抵達臺灣的「小黑人」，原來與賽夏人交好，後來反目成仇，被賽夏人設計殲滅。嗣後設祭悼念。

中東南地區的古歌謠，洋溢著各族先民勇於與惡劣的自然環境作抗爭的精神，反映人們在「毒蛇毒蟲滿地爬」的情況下艱苦開拓的事蹟。這一地區的古歌謠，與舞蹈、音樂的關係特別密切。歌詞中有較多的襯音，用以協調舞步，渲染氣氛。有的號稱「歌謠」，其實只有無義音節，保留了歌謠產生之前的藝術萌芽狀態，很有研究價值。這一地區的祭祀歌比較豐富，可窺見當時圖騰祭祀儀式的一些情形。

神話

北方地區神話

北方各少數民族均有獨特的神話，這些民族社會的藝術傑作不僅由人民口耳相傳，而且保留在中國豐富的古籍中。它們反映了各族先民在生產力低下的原始社會為求得生存發展所經歷的艱辛歷程，是人類進取精神的頌歌。東北地區神話的內容主要有以下幾類：

◇（一）創世神話

創世神話是反映關於開天闢地、人類起源及人們的祖先創造世界萬物、艱苦創業的。衛拉特蒙古神話《麥德爾創世》中講到：在天、地將要形成之際，萬物將要繁殖之時，洪水滔天，天地混沌一片。千年以後，女神麥德爾騎雪白神馬，踏遍三千個宇宙。馬踏洪水，火星四濺，燃起烈焰，將宇宙塵土燒成灰，撒落地面。時間久了，灰塵越積越多，形成大地。大地浮於水面不穩，女神便命烏龜馱地，烏龜動，地就動。從此，天與地分開。麥德爾女神命一男神和一女神圍著須彌山轉，男神是太陽，女神是月亮。麥德爾女神使地上的小人逐漸長大，還將自己的一個化身落入大地，生長出萬物。

滿族神話《天宮大戰》新穎獨特。大意是：在分不清天和地的時候，有個多闊霍女神，老住在石頭裡，宇宙神只要得到她，就有生育能力。一次，阿布卡赫赫跟耶魯里打拚決戰，狡猾的耶魯里用計謀把阿布卡赫赫騙進大雪山裡。雪堆比天還高，阿布卡赫赫凍餓難忍，沒有辦法，只好啃雪山底下的石頭充飢。山岩裡的多闊霍女神和石頭都被吞進阿布卡赫赫肚子裡，使得阿布卡赫赫坐臥不寧，一下子撞出大雪山，因肚內石頭磨擦著火，燒得阿布卡赫赫肢身熔化，眼睛變成日月，頭髮變成森林，汗水變成溪河。

關於威力無比的薩滿神創世，在鄂溫克族的老牧民中流傳著這樣的神話：有個叫保魯恨巴格西的，他每天用泥土造萬物和人類。當他擔心泥土用光而發愁的時候，發現在阿爾騰雨雅爾神龜的肚子底下還積壓著大量的泥土。他心地慈善，不忍傷害牠。正為難對，見一位騎著白馬、身背弓箭的英武天神，正從太陽升起的方向飛奔而來，他就是智勇超凡的尼桑薩滿。保魯恨巴格西天神請求尼桑薩滿助他一臂之力，尼桑答應了。他摘下背後的弓箭，對準神龜的頸項，一下子便射中了。阿爾騰雨雅爾顫動著身子，離開牠俯臥的地方，仰面朝天昏過去了。從此，神龜就用牠的四隻腳當支柱，牢牢撐起了蒼天。只是時間隔久了，壓得牠困憊不堪時，不得不晃動一下身子，這就是地震。

原始人在探索自然，也在探索人類自己。蒙古族神話《布里亞特博的起源》講，最初有一隻大鷹，牠受善神的派遣來到人間，與布里亞特的女子婚配後生一子，這是最初的薩滿。

鄂倫春族關於人類起源神話有多種。「紮老樺樹皮成人說」的大意是：很早的時候，恩都利看到地上沒有人，只有野獸，就用老樺樹皮紮成一幫人，讓他們拎著棒子，拿著石頭打野獸。打死的就吃肉，沒打著的也都嚇跑了。從這時候起，人就一天比一天多了。另一個則是「刻石成人說」：很早以前，地上一個人也沒有，恩都利搬來五塊石頭，刻成石人的模樣，然後用手摸摸石頭的各個器官，石頭變成活蹦亂跳的人了。還有一種「紮鳥毛鳥肉成人說」：很早以前，地上連個人影也沒有，光是野獸，有些野獸還能飛到半天空。恩都利天神怕牠們飛來飛去鬧事，就打雷震死了不少，用牠們的毛和肉紮成十個男人。另有「熊人交媾成人說」，大意是獵人被母熊抓去同居，生了幼熊。獵人逃走，母熊去追，但總追不上。母熊急了，把幼熊撕為兩半，一半扔給獵人，一半留給自己。扔給獵人的是鄂倫春人，留給自己的仍舊是熊。鄂倫春族經過漫長的使用「角弓木苦矢」的原始社會，這些精神產品正是其特定的自然環境、社會生活和思維定勢的反映。

中國北方各少數民族對自己所屬的部族和世系血統特別重視。各民族都出現了不少有關的神話傳說。蒙古族的《天女之惠》，大意是：在杜爾伯特人游牧的地方，有一座高聳入雲的納德山，山旁有湖水。有一次，一位年輕的獵人在追逐獵物時，偶爾爬上了山巔，發現了一群在水中嬉戲的天女。獵人用皮套索套住了其中的一位，並與她結合。天女生一男孩，但是她不能在人間常住，只得編一個小小的搖籃把孩子掛在樹上，又加派一隻黃色小鳥為孩子晝夜唱歌。這時杜爾伯特的祖先還沒有自己的酋長，在先知的指引下，他們在山湖邊的樹梢上找到這個男孩，讓他做自己的領袖。這個孩子就是綽羅斯家族的祖先。

◇（二）遠古社會生活神話

氏族社會裡不同氏族、不同部落之間經常發生各式各樣的衝突。特別是在原始社會末期，衝突尖銳到訴諸武力的程度。原始社會末期神話中出現的惡魔、惡神的形象，乃是現實生活中存在的血族復仇的反映。

鄂倫春神話《喜勒特根》也講述了人與妖魔抗爭的故事。這則神話認為，西方天神是善神，東方天神是惡神。神話中天神的爭奪實際上反映了從原始氏族社會向階級社會過渡時期蒙古氏族的公社貴族之間進行的掠奪土地和屬民的戰爭。

原始社會末期產生了家庭也產生了家庭衝突。赫哲族神話《月亮的故事》反映的就是這種衝突。有個叫新芬德都的媳婦遭到婆婆的百般虐待。新芬德都到江邊挑水時，偷偷哭泣並向月亮訴說了自己的委屈。月神為之感動，就把她接到月亮上去了。她離開人間時挑了一對水桶，拔去了一棵老柳樹。人們看到月亮上有影影綽綽的黑影，那就是新芬德都。她奔月的時間是八月十五日，所以赫哲族在八月十五日有祭月的習俗。這篇優美動人的神話可與嫦娥奔月媲美，表現出赫哲族婦女對美好理想的追求，同時也反映了父系氏族公社時期婦女在家庭中地位的下降。

反映父權制與母權制抗爭的還有鄂倫春族關於北斗的來歷的神話等。

北方地區少數民族神話以漫天風雪、莽莽飛沙和長白山林海、崇山峻嶺為基調，在這廣大無垠的空間裡，諸神展開了驚心動魄的搏鬥。這些神的身上，明顯地帶有地域的標記。值得注意的是，許多神話都以火為主調，反襯出風雪的肆虐和人們戰勝嚴寒的強烈欲望。北方射日神話中，有天上留三日說，這與南方神話射日後天留一日一月有明顯的區別。北方各少數民族神話風格雄渾博大，情節的展開，角色的行動，表現了各族先民勇猛強悍的性格。此外，北方各族神話受薩滿教影響很深，出現了薩滿諸神及相應的神話。這些神話想像奇特，撲朔迷離，別具風格。

西北地區神話

西北地區各民族的神話，帶有草原和瀚海的風采。在這裡，冰天雪地和漫天風沙等自然現象被賦予人的靈魂，被不自覺地加工成神奇的形象。在神話作品中，以創世神話和反映遠古社會生活神話數量最多，這些神話瀰漫著神祕的戰鬥氣息，形成地區和民族的特色。

◇（一）創世神話

哈薩克族的《迦薩甘創業》是一篇有名的創世神話。神話中說，遠古時代，有位長相酷似人類的創世主迦薩甘創造了天和地。他把天地做成三層：地下、地面和天空。後來，天和地各自增長為七層，並逐漸變大。迦薩甘為了改變天地漆黑一團及嚴寒異常的狀況，用自身的光和熱創造了太陽和月亮。從此，天地之間便有了光明和溫暖。迦薩甘住在天的最上層，迦薩甘就是天。天在上，堅牢不動，而地不甘心在天的下面，總是搖晃不定。迦薩甘把地固定在大青牛的犄角上，大青牛只願意用一隻牛犄角支撐，每當牠將地從一隻角換到另一隻角上的時候，地就劇烈地震盪起來。迦薩甘在大地的中心栽種了一棵生命樹，樹上結出了像鳥一樣會飛的靈魂。接著，他用黃泥捏了一對空心的小人，並取來靈魂從小泥人嘴巴吹進去，小泥人便有了生命。這對小泥人就是人的始祖，男的取名「阿達姆阿塔」，女的取名「阿達姆阿娜」。小人長大結成夫妻，他們前後共生育了二十五胎，每胎都是一男一女的雙胞胎，在迦薩甘的主持下組成了二十五對夫妻。從此，人類不斷繁衍，以二十五個男性為主發展成為二十五個部落。迦薩甘在創造人類的同時，還創造了飛禽走獸和花草樹木，大地上有了人類和萬物，呈現出生機勃勃、繁榮昌盛的景象。妒嫉光明的惡魔黑暗，不甘寂寞，時常興風作浪，殘害人類。迦薩甘為了捍衛人類的安寧，派遣太陽和月亮去討伐惡魔。太陽和月亮是一對戀人，它們毫不猶豫地放棄了兒女私情，勇敢地承擔起征伐惡魔拯救人類的重任。由於戰鬥激烈、頻繁，致使太陽和月亮沒有聚首的機緣。它們時常流下相思的淚水，化做了雨和雪。它們的淚水引起了迦薩甘極大的同情，他拿起自己的寶弓「迦什依勒」，怒不可遏地狠射惡魔。箭聲隆隆，火光閃閃。隆隆的箭聲就是天上滾滾的沉雷；閃閃的火光就是耀眼的閃電。在迦薩甘的幫助之下，太陽和月亮越戰越勇，不停地追逐驅趕惡魔，並用自己的光和熱照耀著大地，庇護、哺育著人類。

柯爾克孜族《創世的傳說》說，真主先創造了大地和萬物及宇宙其他自然現象，然後創造了人類最早的祖先阿達姆和阿瓦。阿達姆的兒子叫努赫，據說他活了九百五十歲。當時，大地上的人類和其他生物開始逐漸增多。由於沙依坦（鬼怪）的欺騙，人類不再聽真主的勸導，走向邪路，出現了很多犯罪行為。因此，真主引洪水來懲罰人類。為避洪水，努赫做了一個木筏，帶上八十個順民以及各種動物上了米特山。不久，真主又引來第二次洪水，洗刷了整個大地。在這次洪水中，只有努赫和他的三個兒子撒姆、哈姆、賈帕斯及三個媳婦共七個人倖免於難。後來，三個兒子分散在地上的各角落，開發了這些地區。努赫的三子賈帕斯生了秦、吐爾克（突厥）、蒙古勒（蒙古）等幾個兒子。賈帕斯死去以後，吐爾克和蒙古勒遷到北方以狩獵放牧為生。秦則遷到南方，以養蠶產絲為生。吐爾克的後裔柯爾克孜汗的子孫很少，所以，兄弟蒙古勒、塔塔爾（韃靼）的後裔又遷到柯爾克孜汗的牧地來，並互相通婚，在這裡繁衍了柯爾克孜汗的後裔。蒙古勒後裔成吉思汗來到柯爾克孜汗的牧地時，柯爾克孜汗的後裔伊納勒汗正統治這個地區。伊納勒汗向成吉思汗贈送了紅眼紅嘴鷹，以示臣服。

《阿丹與海娃》是廣泛流傳在回族人民中的創世神話。相傳在世界上沒有人類以前，「阿拉」指示用金木水火土捏了一個人。過了若干年代他復活了，這就是阿丹聖人。他在天空中生活，天長日久感到非常寂寞，於是抽出自己的一根肋骨，化成一個女子——海娃。他倆以後受了伊比利斯（魔鬼）的挑唆，偷吃了天堂的仙果，觸犯了天規，被阿拉貶到地面上生活。從此，他們生兒育女，成為人類之祖先。

《庫馬爾斯》是維吾爾族的人類起源神話。故事說是庫馬爾斯的精囊中滴下兩滴精液掉在地上，長出了植物。接著植物中長出了一男一女，男的叫摩西，女的摩西娜。摩西和摩西娜遵照天神的意旨合巹婚配，生兒育女，繁衍子孫，從此大地上有了人類。庫馬爾斯被維吾爾族的先民尊崇為人類的始祖。《庫馬爾斯》大約產生在原始社會父系氏族公社時期，庫馬爾斯身為男性在神話中被崇敬為人類的始祖，就是男性在父系氏族公社中占據著主導地位和有著支配權的具體展現。從神話中還可以看出，在父系氏族公社階段，人們對與人類繁殖有關的生理、醫學問題已經有了初步的認識。

《牧羊人和天鵝女》是哈薩克族解釋民族起源的神話。故事說：遠古荒蕪的草原上，有一位勤勞的牧羊青年，在他精心的放牧下，羊兒長得肥壯可愛。有一天夜晚，他夢見一隻潔白的天鵝飛來與他相伴。第二天，他去牧羊，果真有一隻白天鵝飛落在他身旁，並翩翩起舞，鳴叫歌唱。正當他看得入神的時候，突然狂風大作，飛沙走石，天昏地暗，羊兒被狂風颳得無影無蹤。牧羊青年為了尋找失散的羊群，日以繼夜地在草原上奔走。他又累又餓，渾身無力。忽然從金花中飛來一隻白天鵝，帶來一陣涼風，牧羊青年精神一振，又掙扎著向前走去。然而，走了一段路之後，精疲力竭，他又昏倒在炎熱的戈壁灘上。潔白的天鵝又飛來了，牠嘴裡銜著沾滿清水的柳枝，讓柳枝上的清水流進牧羊青年的口中。牧羊青年復甦了。他從地上爬起來，在白天鵝的引導下，來到一個湖邊。湖邊長滿了蔥蘢佳木，牧羊青年的羊群正在湖邊忙著吃青草，他高興極了。這時，白天鵝脫掉了潔白的羽衣，變成一個美麗的女孩。從此，牧羊青年和這美麗的姑娘幸福地生活在富饒的湖邊，他們牧放羊群，生兒育女。他們的後代就叫哈薩克。「哈薩克」一詞就是白天鵝的意思。這個神話和《阿史那》有密切的內在連繫，說明維吾爾族與哈薩克族有著淵源關係，它們都是突厥民族的後裔。

《公主堡》是塔吉克族的起源神話。故事說，遠古時代，在帕米爾高原的西方，有一個名叫波利斯的古老的國家（即波斯）。波利斯王決定與中國聯姻，娶一位美麗的漢族公主做皇后。一天，迎親的隊伍娶到了公主，返回波利斯。走到塔什庫爾干時，不巧其西邊發生了戰爭，無法前進，被迫滯留下來。為了確保公主的安全，使臣煞費苦心地把她安置在一座險峻的山巔之上，周圍密布崗哨，日夜巡邏。過了三個月，西方的烽火平息了，使臣把公主從高山上接下來準備返國時發現公主懷孕了，使臣和隨從大吃一驚。經過周密的調查，發現在山上時，每天中午都有一位英俊的年輕人從太陽上騎著一匹神駒降到山頂與公主相會。使臣和隨從懼怕回國引來殺身之禍，於是決定在塔什庫爾干留下來，大家推選公主作首領。他們齊心協力在山巔之上建宮殿，築起城堡。不久，公主生了一個男孩，其儀表非凡。孩子長大之後，成了一位出色的首領，並建立了一個名叫盤陀的國家。公主的後代就是中國塔吉克族的先民。《公主堡》是一篇尋根推源神話，在玄奘的《大唐西域記》中也有記載。

《柯爾克孜族人的由來》說，相傳夏依克滿蘇爾聖人有個妹妹名叫阿納爾。兄妹倆都還沒有成婚，有一天，哥哥發現妹妹走進山洞，和四十個陌生人來往。阿納爾對哥哥解釋來山洞的原因是為了聽取四十個聖人的教誨。不久，傳出謠言說，夏依克滿蘇爾與妹妹結婚了。謠言傳到國王耳朵裡，國王下令處死了夏依克滿蘇爾。然而，他的屍體卻發出聲音說：「阿納爾是清白的，我也是清白的。」國王聽到這聲音，下令焚燒他的屍體，並把骨灰撒進城外的大河裡。河面上又浮起水泡，水泡發出同樣的聲音。河水托著水泡流進國王的花園裡，正在花園裡遊玩的國王的四十個女兒，聽見水泡發出「阿納爾是清白的，我也是清白的」的聲音，非常好奇，一個個爭著把水泡捧起來喝了。不久，國王的四十個女兒的肚子一天天大起來。國王得知此事十分氣憤，下令將公主全部絞死。經王后和大臣們求情，國王免了公主死罪，但把她們攆進深山老林。四十個公主住在山林裡靠採摘野果充飢，歷盡千辛萬苦，勉強活了下來。後來生了四十個孩子，恰巧男女各半。長大後，他們結成二十對夫妻，繁衍子孫，被稱為柯爾克孜族。柯爾克孜意為「四十個姑娘」之意，表現了柯爾克孜族人民對祖先的永久懷念。

◇（二）遠古社會生活神話

塔吉克族的神話《兩個寶箱》是反映初民的生活狀況和部落戰爭的。相傳遠古時在塔什庫爾干居住著眾多塔吉克部落，其中有兩個分別被稱為「智部落」和「笨部落」。「笨部落」的人都想去掉這個不光彩的稱號，恰巧，他們的酋長死了，大家認為誰能找出「笨」的原因並去掉恥辱的稱號，就選他當酋長。這時，「智部落」的酋長也死了，他們也要推選一個能繼續保持「智部落」稱號的人當酋長。但是，選來選去，兩個部落都沒有找到合適的人選。兩個部落中間有座巍峨的高山，兩個部落的人在山上相遇時，「笨部落」的人總要受到「智部落」的人奚落、嘲弄。有一天，「智部落」的一位青年為了捉弄對方的人，故意對「笨部落」的人說，山上出了神，有緣分的可以得到寶箱，無緣分的，神避而不見，如果觸怒了神，就會被推下山去摔得粉身碎骨。「笨部落」的許多人上當受騙，在高山上等了很久也沒見到神。但是有一位青年卻背上糧食在山上久住下來。他開荒種地，辛勤耕作，汗水換來了五穀豐登。這時，神果真來了，送給他一個能幫助解決困難的寶箱，並教導他要讓全部落的人懂得只有勤勞才能創造美好的生活。青年回到部落，在紅寶箱的幫助下，帶領全部落的人用勤勞的雙手創造了無窮無盡的財富，部落繁榮起來了，人也變得聰明了，終於摘掉了「笨部落」的帽子，青年被大家推選為酋長。那個扯謊的「智部落」的青年靠說謊當上了酋長，結果謊言成災，爭權奪利，互相殘殺。神用黑色寶箱揭露了說謊青年的罪惡，人們義憤填膺，把他打死了。接著發生了爭奪酋長地位的廝殺，「智部落」終於變成了「笨部落」，並且被周圍部落瓜分了。這個神話宣揚了氏族社會的道德觀念，富於哲理，今天仍有其教育意義。

《卜古可汗的傳說》是維吾爾族部落戰爭神話。這則神話在中國史籍《道園學古錄》和國外史書《世界征服史》等文獻中都有記載。故事說，很早以前在合木蘭朮地方，長出兩棵緊靠的樹，兩樹中間冒出一個大土丘，有條光線自天空降落其上，土丘日益增大。最後，土丘裂開了，中間有個房室，室內坐著五個男孩，嘴上掛著吸乳的管子。部落首領見了非常畏懼，忙向其頂禮膜拜。當風吹拂到孩子身上，他們很快強壯起來，開始走動。人們將他們交給乳母照管。斷了奶，他們就能說話了。人們給每個孩子取了名字：長子叫孫忽兒的斤，次子叫火禿兒的斤，三子叫脫克勒的斤，四子叫斡兒的斤，五子叫不可的斤。大家推舉不可的斤為汗。有一天晚上，不可汗正在房裡睡覺，一個少女的身影從煙孔下來對他說：「從東至西的土地將歸你統治，可勤勉努力去完成此事蹟，善治百姓。」從此，他調集兵馬，派孫忽兒的斤率三十萬精兵征蒙古和吉利吉斯；火禿兒的斤率十萬人馬征唐兀；又派脫克勒的斤率十萬人伐吐番；自己率三十萬眾親征契丹，留一個兄長看守本土。他們旗開得勝，馬到成功，各路人馬凱旋後建造斡耳朵八里城。於是整個東方都在他們的統治之下。接著他又率兵向西方各地進軍。十二年時間，征服了所有的國土，沒有留下一個反抗者和不服者。

這個出現在英雄時代的神話，生動地反映了處於父系氏族公社解體，向奴隸社會過渡過程中維吾爾族先民的生活、宗教意識和部落戰爭。對了解這個時期的歷史文化、意識形態、民俗、宗教等都具有重要價值。

西北各少數民族神話產生於草原文化圈，但其底色是沙漠和雪山。在這裡，我們看到的善神是日月、天鵝、狼神、英雄神，雪妖是特有的惡神。值得注意的是，日月在這裡不是射日英雄挽弓之的，它們是與妖魔鬥勇的英雄，其形象儼然是氏族公社的顯貴。顯然，在沙海和雪山包圍中的各族先民，對陽光有著特別的親切感。沙丘分娩為這裡的神話打上了鮮明的地區印記。西北的圖騰神話比較突出，但整體而言，由於伊斯蘭教的傳入，不少神話已被衝成碎片，有的被加以改造，造人的是阿拉，洪水是真主對人類不聽勸導的懲罰，宗教印記是很明顯的。

西南地區神話

西南少數民族神話大部分由民間口頭傳承，小部分記載在典籍裡。這一地區神話繁富，內容主要包括開天闢地、人類起源、洪水滔天、物種來源、征服自然、人類遷徙等方面。西南少數民族神話最大的特色是創世神話多，而且不同民族對同一自然現象有不同的解釋，形成了豐富多彩的篇章，顯示出各族先民對自己的生存空間及自身的來源有很濃厚的興趣，運用想像的方式作了多種多樣的解釋和探索，是中國神話苑中的一顆明珠。

◇（一）創世神話

西南少數民族創世神話主要是開天闢地神話和人類起源神話。開天闢地神話普遍認為，天地未開闢之前，宇宙一片混沌。後來天地開分，是由三種力量造成的：一種是巨人造天地、一種是神造天地、另一種是動物「垂死化身」成天地。

巨人造天地表現了人對自身力量的肯定。白族的《創世紀》認為，最初，只有盤古、盤生兩兄弟，盤古變天，盤生變地。天地變成時，天不滿西南方，只好用雲來補，地不滿東北方，只好用水來補。天地變成了，又變成巨人木十偉，他頭朝東腳朝西，身高一丈八。木十偉自己變萬物，右眼變月亮，左眼變太陽，睜眼是白天，閉眼是黑夜。小牙變星星，大牙變石頭，眉毛變竹子，頭髮變樹木，耳朵變順風耳，鼻子變鼻架山，腸子變江河，心變啟明星，肺變海洋，肝變湖泊，肚臍變大理海子，氣變成風，油變成雲，肉變成土，汗毛變成草，手指腳趾變成飛禽走獸，脈絡變道路。

神造天地在於強調天地形成的漫長過程。先是分開天地，繼而把搖晃的天地穩住，再修補縫隙和窟窿。其實是被神化的人類與大自然所作的抗爭。傈僳族《木布伯捏地球》說，天神捏個地球把天撐起來。在涼山彝族的《勒俄特依》中，九位女神用鐵掃帚把天掃上去，把地掃下來；九位男神用鐵斧把地錘成各種形狀，高山作為放羊的地方，平壩作為插秧的地方，山坡作為種蕎的地方，埡口作為打仗的地方，深溝作為流水的地方，山坳作為住家的地方。

拉祜族的《牡帕密帕》說，古時候，沒有天地日月星辰，不分白天黑夜，世間茫茫一片。天神厄莎叫助手扎羅去造天，叫娜羅去造地，造了七天七夜，天地造成了，可是扎羅貪玩，把天造小了；娜羅勤快，把地造大了。厄莎用藤子做地筋，才把地收攏，從此地上出現了高山、深溝、大河和窪地。厄莎又搓下腳泥和手泥，做出青蛙和螃蟹，青蛙和螃蟹找到了水，厄莎照手上的花紋，開出了九十九條大江河。又用樹葉和果實變成魚蝦、飛禽和野獸。

阿昌族的《遮帕麻與遮米麻》說，天地是神率領人們集體造成的。

基諾族開天闢地神話《阿嫫曉白》說，遠古時代沒有天，沒有地，只有水。水慢慢凝成了冰塊，後來冰塊炸成兩片，阿嫫曉白從中間走了出來，兩塊冰有輕有重，重的沉降變成地，輕的上升變成天。阿嫫曉白修了地又補了天，這就是宇宙天地的開始。這則神話具有古樸的哲理性，基諾先民已朦朧地意識到輕的東西易於升起，重的東西易於下落。同時讚揚了開天闢地的女始祖阿嫫曉白。

納西族《創世紀》說，混沌未分的時候山崩樹搖震盪不安，接著三三變成九，九九生萬物，萬物有「真」有「假」，萬物有「實」有「虛」。真和實相配合，產生了光亮亮的太陽；假與虛相配合，出現了冷清清的月亮。後來產生了善神依格窩格，依格窩格作法又變化，變了一個白蛋，白蛋孵出恩餘恩曼。恩餘恩曼生了九個白蛋，這些白蛋變成了天神和地神，變成開天的九兄弟和闢地的七姐妹。這是第一次開闢天地。

從整個內容來看似乎不可理解，實際上含有一種樸素的哲理性。它認為萬物都是由物質互相作用而產生的，多的是由少發展而來的；黑的與白的，善的與惡的，「真」的與「假」的，都是同時存在的，這雖然與矛盾論思想是一種偶然的巧合，但也反映了納西族祖先對宇宙變化、天地起源的一種樸素的理解。神話在講再造天地時說：「九兄弟和七姐妹經過一番努力，終於豎起了五根撐天柱，用綠松石補圓了天，用黃金鋪平了地，不料恩餘恩曼生下的一對蛋變成了一頭力大無比的野牛，頂破了天，踏破了地。人們不得不再造天地，經過千辛萬苦，終於建成了居那若倮山，用它頂住天，鎮住地，這才完成了開天闢地的大業。」這則神話曲折神奇，綺麗詭譎，是納西族初民童年時期純真心理的表現。

動物造天地有濃厚的圖騰色彩，獨龍族的《大螞蟻把天地分開》饒有興味。傳說在古代，天地緊緊相連。連結天地的是九道土臺，人可以沿臺上天。在一個名叫姆克姆達木的地方，有個名叫嘎姆朋的人到天上去造金銀，當他踩著土臺快到天上的時候，突然來了一群螞蟻，嚷著向嘎姆朋要綁腿，嘎姆朋輕蔑地說：「你們身小腿細，要什麼綁腿，快給我滾開。」螞蟻們聽了一起唱道：「別看我們腳桿細。別看我們個子小，接天的土臺雖然高，我們也能把它扒。……」到了夜裡，只聽得「轟隆隆」一聲巨響，那上天的九道土臺全倒塌了。從此，天地分開，人再也上不去了。獨龍族居住的獨龍河兩岸，原始森林密布，螞蟻極多。他們依據螞蟻能鑽穴入地的習性，幻想出天地成因的神話。

彝族《梅葛》中說，天地萬物是由老虎和蝨子的全身氣管變成的。彝族為此崇拜虎，稱虎氏族。

西南各族人類起源神話可謂多姿多彩，主要有泥土造人說、蛋卵化說、猴子變人說、洪水遺民說、植物變人說、水及其變體變人說等。獨龍族神話說，遠古，地上沒有人，一天天神嘎美和嘎莎來到「姆逮義隴嘎」，準備在此造人。他們用雙手在岩石上搓出了泥土，把泥土揉成泥巴團，又捏出了一對男女，男的叫「普」，女的叫「姆」。嘎美、嘎莎向他們身上吹了口氣，他們體內有了血液，也會吸氣了。以後嘎美和嘎莎又教人乾活，生育後代。女人之所以聰明能幹是因為嘎美、嘎莎捏「姆」時在她肋巴骨上多放了泥巴的緣故。

基諾族的《阿嫫曉白》神話中也敘述到有了宇宙之後，阿嫫曉白用頭髮創造了竹子、野草，用汗垢造了森林、禽獸、魚族……用身上搓下的泥捏成人。阿媖曉白還教人說話，按照不同的語言分成族，這就是基族諾、傣族、漢族、布朗族。泥造人神話與製陶的出現有密切的關係，很顯然是新石器時代製陶術在神話藝術中的投影。普米族神話中神菩薩的九姑娘以灰造人，和上述以泥造人係屬同類。

拉祜族的植物變人神話《牡帕密帕》的情節是這樣的：人類始祖厄莎種了棵葫蘆，野牛踩斷葫蘆藤，葫蘆滾到海裡面，螃蟹夾著葫蘆上了岸，葫蘆脖子夾細了，葫蘆喝多了海水，肚子脹得圓又大。厄莎把葫蘆搬回家，七十七天過去了，葫蘆裡發出人的聲音。厄莎叫來一對老鼠，老鼠啃了三天三夜，把葫蘆啃出兩個洞，從洞裡爬出一男一女。

白族有動物變人的神話：太陽墜落海中，把海水煮得沸騰了。沉睡在海底的大金龍被驚醒。牠翻滾著在海中到處尋找煮沸海水的怪物，當搜尋到海面的螺峰山下時，看見一個熱騰騰的大火球在波濤中沉浮，牠張開大口把太陽吞進肚裡。太陽在龍腹中燃燒，大金龍被燒得受不了，牠腰身一弓，想把太陽吐出來，太陽哽在喉嚨中，變成一個大肉團，從龍腮中進出來，撞在螺峰山上炸開了。炸碎的肉，飛進到天上的變成了雲，懸在空中的變成了鳥，落在山箐裡的變成獸，落在水裡的變成魚蝦，還有兩塊變成一男一女，後人把他們叫勞泰（祖母）和勞谷（祖父）。從此世上有人類。

基諾族的神話《瑪黑和瑪妞》中也講人是從始祖瑪黑、瑪妞種的葫蘆中生出的，第一個出來的是布朗族，第二個出來的是基諾族。

土家族神話《擺手歌》中也有植物變人的傳說。說玉帝叫衣羅阿巴（女神）做人，她用竹子做骨架，用荷葉做肝肺，用豇豆做腸子，用葫蘆做腦殼，通了七個眼，吹了一口氣，竹人出氣了，會走路了，從此世間有了人。德昂族神話《歷史調》中說：人是由一百零二片葉變成的，他們互成夫妻，從此有了人類。

猴子變人說，在藏族、珞巴族中都有流傳。藏族神話說，遠古時代，在南山雅隆河谷窮結地方的山上住著一隻獼猴。後來，這隻獼猴和巖羅剎女結為夫妻，生下六隻小獼猴。老猴把牠們送到果實豐茂的樹林中去生活。三年後老猴去看牠們時，已經繁衍成五百多隻猴子。由於吃食不夠，老猴把牠們領到一處長滿野生穀物的山坡，眾猴便吃不種而收的野穀，身上的毛慢慢變短，尾巴也漸漸消失了，以後學會說話，遂演變成人類。

這則神話記載於《瑪尼全集》、《西藏王統記》、《賢者喜宴》、《西藏王臣記》等歷史著作中，顯然是根據民間口頭流傳記錄的。藏族獼猴變人神話，與古猿進化為人的科學論斷巧合，卻有本質的不同，前者顯然是原始先民圖騰崇拜的演變。

珞巴族神話《猴子變人》和藏族獼猴變人有一點不同，強調了火的作用。說一種紅毛短尾巴的猴子，把自己身上的毛拔下來，放到一塊大岩石上，用石頭狠敲，結果敲出了火。以後，牠們便把弄來的東西烤熟吃，不吃生東西後，身上不長毛了，後來便變成了人。

基諾族的洪水神話《瑪黑和瑪妞》講道，瑪黑和瑪妞是一對兄妹，他們和爸爸媽媽一起居住在高高的山上，過著平靜、幸福的日子。世界上忽然發了大水，瑪黑和瑪妞的父母為他們造了一隻大鼓，把他們裝到裡面。漂了九天九夜，兄妹兩人鑽出了木鼓。四周靜悄悄的，沒有一絲人聲，也沒有一粒種子。他倆找遍了整個大山，只找到了一粒葫蘆籽，兄妹倆就把葫蘆籽種下了。種下葫蘆籽後，瑪黑對瑪妞說：「妹妹，現在世上只剩下我們兄妹倆了，我們結成夫妻吧！」開始，妹妹害羞不願意。最後到山上問一個白髮智者，白髮智者說：「按理說兄妹是不能成婚的。但是人類不能滅絕啊，所以你們可以結婚。」這樣，瑪黑和瑪妞兄妹結成了夫妻並繁衍了人類。

白族勒墨人的神話說：洪水過後，兄妹成婚，生了四個女兒，分別與熊、虎、蛇、老鼠變的男子婚配，產生了熊氏族、虎氏族、蛇氏族和鼠氏族。

怒族洪水神話《洪水滔天》說：從前，地上洪水氾濫，一直漲到天上，大地被淹沒，人都被水淹死了。只有兄妹兩人，他們把水桶放在高山頂上並鑽進桶裡，才沒有被淹死。洪水退去以後，大地顯得非常寬廣，但人都沒有了，兄妹倆沒辦法，只好賭咒射箭結為夫妻，後來他們生了七個兒子，就是現在的漢、白、傈僳、怒族等，七個兒子各在一個地方住下，一代代傳下來，大地上才有了人類。

土家族神話說，洪水過後，只剩下姐弟二人，他們成婚後，生下一個肉坨，用刀砍成一百二十塊撒出去，撒到土裡的是土家，撒到樹苗上的是苗家，撒到沙子裡的是客家（漢族）。

在洪水遺民神話裡，葫蘆具有特殊的意義。西南少數民族多數處於亞熱帶地區，這一地區易長葫蘆，葫蘆不僅可食，而且又是渡江河的工具。樊綽《蠻書》卷二說，古代西南地區產丈餘長、三尺圍的大葫蘆。《詩經．邶風》有「瓠有苦葉，濟有深涉」的詩句。雲南哀牢彝族捕魚或出遠門，腰上或拴一個大葫蘆，或掛一串細腰葫蘆，作為「腰舟」，以防沉溺。可見原始人的幻想是以他們接觸的客觀世界為根底的，越是能給他們生活帶來方便的就越有靈性。所以葫蘆不僅是人類躲避洪水的工具，而且成了氏族來源的母胎。彝族畢摩認為葫蘆裡的聲音是始祖伏羲女媧的聲音。

納西族《創世紀》所記述的洪水神話和南方各民族洪水神話相比較，有其明顯的民族特點和時代色彩。其他民族洪水神話中的兄妹婚（血緣婚）是在洪水之後人類瀕臨絕跡時進行的，而且出於無奈，所以較為合理。《創世紀》中的兄妹婚是在洪水爆發之前。洪水的起因是「從忍利恩兄弟求配偶，可惜無對象可匹配」，於是從忍利恩兄弟與姐妹互為婚姻，這種「亂倫」行為觸怒了天神。洪水之後，只剩下從忍利恩一個人，他與天上的仙女襯紅褒白結婚，人類才得以重新繁衍。《創世紀》洪水神話這種特點，一般認為與本民族形成發展的歷史程序密切相關。一方面倫常觀念的融入，使作品既含野蠻遺風，又開文明的端緒；另一方面在客觀上也反映了作品形成之時，納西族部分地區（像麗江等地）的婚姻形態已脫離了血緣婚，發展到從對偶婚向一夫一妻制的過渡階段。

《西南彝志》和《宇宙人文論》認為，由於氣的昇華，分解混合而形成萬物，人亦不例外，也是氣形成的：「清氣青幽幽，濁氣紅殷殷」，「清氣升上去，升去成為天；濁氣降下來，降下成為地。天乃生於子（子時），天與天相配，高天自生了。地乃闢於丑（丑時），地與地相配，大地自成了。人乃生於寅（寅時），哎與哺結合，人類自有了。有血又有氣，有生命會動。會動也會說，會吃也會穿」。

在大涼山彝族長詩〈雪族十二支〉中，認為人類源於雪，說天上降下桐樹，霉爛三年後起了三股霧，升到天空中，降下三場紅雪來，化了九天九夜，化成了人類，結冰成骨頭，下雪成肌肉，吹風來做氣，下雨來做血。

烏蒙山區彝族神話則認為人類源於水。例如《六祖源流》說：「人祖來自水，我祖水中生。」並且敘述了水演化出人的具體過程：「初時凡間人，漸成一偶像，頭頂築雀巢，眉間懸蜂窩，懷中跑麂鹿，腰間蛇盤旋，腿腳住石蚌，坐落在水中」。這個水生物，「立志把人變，頭頂毀鳥巢，驅雀居林梢；眉上的蜂窩，扯到懸崖上；懷中的麂鹿，攆往深箐中；腰間纏的蛇，綿羊來嚼食，蛇驚脫退縮，逃往枯樹叢；腳上的石蚌，踢來落水中，從此得變化」。當「凡間人」變化後，經歷了十二代，逐漸有了

「人」形，後與仙女成婚，生了九個兒郎，從而開始了第二階段的人類。第二階段的人類是「羽人」：「這九個兒郎，腳似大雁翅，能與群鳥飛，空中常徘徊，浮往水中去，常與水靈戲。」當「羽人」來到北方後，逐漸演化成第三階段的人類：「來到北方後，變化成虎人，虎人萬千年，又向東方遷。虎人到東方，前往水邊住，為了度時光，勞作手不閒。」後來虎人來到昭倮（雲南武定）與一姑娘婚配，衍育後人。

卵生說是納西族神話獨有的，「白蛋孵出一個白雞，白雞沒人取名字，自己取名為『恩餘恩曼』」。後來「恩餘恩曼生下九對白蛋，一對變天神，一對變地神，一對白蛋變成開天的九兄弟，一對白蛋變成闢地的七姐妹」。這則神話和苗族古歌中的蛋生人類，侗族的《龜婆孵蛋》較為相近。卵生說具有樸素的唯物主義思想，它不自覺地反映了生命是由物質發展而來的自然規律。

◇（二）遠古社會生活神話

在西南少數民族圖騰神話中，最為典型的是人與動物相配繁衍後代的神話。如傈僳族有人與蛇通婚產生蛇氏族的神話。怒族有始祖與動物婚配的神話。其中說洪水以後，臘普和亞妞兄妹結為夫妻，「生育了七個兒女，這些孩子長大以後，有的是兄妹結為夫妻，有的是跟會說話的蛇、蜂、魚、虎交配，繁育下一代。後來人類逐步發展起來，就以一個始祖所傳的後裔稱為一個氏族，與蛇所生的稱為蛇氏族，與蜂所生的稱為蜂氏族，與魚所生的稱為魚氏族，與虎所生的稱為虎氏族。蛇氏族崇拜蛇，蜂氏族崇拜蜂，魚氏族崇拜魚，虎氏族崇拜虎。這則神話反映了怒族幾個氏族的圖騰崇拜。彝族中流傳的女人感鷹而生支格阿龍的神話、在彝語支民族中普遍流傳的《九隆神話》可以說是圖騰神話的代表。

《九隆神話》載於東晉常璩《華陽國志》之〈南中志〉及南朝范曄《後漢書》之〈南蠻西南夷列傳〉。《華陽國志》的記載略有差異，沙一作沙壺，九隆作元隆，又謂「沙壺將元隆居龍山下」，並有「元隆死，世世相繼，分置小王，往往邑居，散在溪谷」。

據許嘉瑞考證：「九隆神話，本西北羌族神話，傳於哀牢。而最初之哀牢夷，乃在西昌，本與永昌接近，及哀牢夷遷入永昌，其神話亦流入水昌」；「九隆神話，後經若干之轉變，成為蒙氏之開國神話」；「段氏立國後，抄襲九隆沙一神話，轉變為段氏開國神話」。今西南漢藏語係藏緬語族各兄弟民族之祖先，均同源於先秦時期的氐羌系統，古老的《九隆神話》是各族先民共有的精神財富。

羌族的《白石神的故事》說，古時羌人與戈基人打仗失敗，逃至一白石洞中躲藏，戈基人追至，洞口突然起了一層白霧，什麼也看不見，因此救了羌人的命。直到今天，羌族人民的住房頂上仍然供奉有白石頭神。這則神話顯然是羌族人對自己祖先不畏強暴、艱苦創業精神的追憶，也反映了羌人的宗教信仰和自然崇拜的原始觀念。獨龍族的《嘎朋娶媳婦》描繪了五穀的來歷、家畜的馴養和娶媳婦的來歷。這些神話都是各民族祖先描繪的一幅幅引人入勝的歷史畫卷，展現了原始先民戰鬥、創造、生活的圖景。先祖為了追求美好的生活，他們跋山涉水，上天入地，任何艱難險阻都動搖不了他們創世立業的決心。那些奇異熱烈的場面曲折地反映了古代社會各民族祖先的生活風貌。珞巴族具有史詩性質的神話《斯金巴巴娜達明》反映了整個母系氏族公社時代生產力的發展水準和家庭形態，再現了母系氏族社會的圖景。而《阿巴達尼》則反映了父系氏族公社時代的生活。納西族的《黑底干木女神》反映了納西族早期的「阿注」婚俗。這些神話內容十分豐富，也很有生活情趣，在描繪祖先創業的同時，又插入了一些優美動人的情節，是我們研究這些民族的歷史、婚姻形態、宗教信仰和文化現象的寶貴數據。

在中國幾個地區的少數民族神話中，以西南地區的篇章最為繁富多彩。以原始神話為例，多達數十種，在自然界萬物的來源裡，大多為垂死化身。化身之人或動物，其身上所有部位都化為自然界某種動植物或日月星辰山河湖泊，小到血管和頭髮都不例外。這樣細微地描繪，其他地區的神話中是少有的。由於這一地區民族眾多，其先民部落紛繁，各自馳騁想像，以致神話的角色及情節千奇百怪，充滿了各種奇特的幻想。從風格上看，與東北、西北迥然不同，無論造天地或鬥惡神，都沒有草原文化圈那樣激烈和驚天動地。比如大地造好之後，邊緣不整齊，竟是靠螞蟻去啃齊的。這種纖麗的風格，給予人深刻的印象。通觀這些神話，可以感覺到青藏高原和雲貴高原複雜地理條件的影響。青藏高原雪峰林立，有世界屋脊之稱，其東部所形成的橫斷山脈，把大地切割成許多高山深谷，一山有四季，十里不同天，光種子植物就多達一萬多種。雲貴高原的石灰岩被雨水切割成崎嶇而眾多的山地，滇南則是熱帶風光。生活在這些複雜地形中的各族先民，生活條件和生活環境各不相同，正因如此，產生了多姿多彩的神話。

華南地區神話

華南地區神話指的是壯侗諸民族祖先嶺南百越創造的神話，其代表作品主要有壯族的《姆六甲》、《布洛陀》、《布伯》，布依族的《混沌王》、《盤果王》、《洪水潮天》，黎族的《偉代造萬物》，傣族的《英叭開天闢地》，侗族的《姜良姜妹》、水族的《開天立地》，毛南族的《盤和古》，仫佬族的《伏羲兄妹的傳說》，仡佬族的《喊太陽》等。

從上述神話裡，可以看出古越族有個較為完整的神系，按它的演進譜系，宇宙原是一團急速旋轉的氣體，以後凝固為神蛋，中有三個蛋黃，裂開形成天上、大地、地下三界，繼而出現鳥頭人身的女性始祖神，跟著出現創造萬物的男性創造神，隨後出現男性管理神，這時人類遇到洪水淹沒天下，剩下兄妹結親，是為生育之神。他們生下肉團，又剁碎撒遍大地復生出人類，最後出現各司其職的英雄神。具體過程如下：

一團旋轉大氣→神蛋→三界→始祖神（女性）→管理神（男性）→生育之神（兄妹）→肉團→人類→英雄神。

◇（一）創世神話

壯族的《姆六甲》說，在天地沒有分家的時候，宇宙中旋轉著一團大氣，漸漸地越轉越急，越轉越快，最後變成一個蛋的樣子，它內中有三個蛋黃。後來蛋爆開來，分為三片。一片飛到上面成為天空；一片下地底成水；留在中間的一片變為中界的大地。

布依族的《翁傑造天地》說，翁傑向空中吹了口氣，頓時颳起大風，輕的上升成為雲霧，重的下沉成為大地。這和盤古神話中「陽清為天，陰濁為地」相類似。

壯族神話說人類來源是從大地唯一的一朵花中生出始祖母姆六甲，她用自己的尿和泥捏成了人類，造人的原料和英叭基本相同。

侗族的創世神話比較獨特，說天地間只有大神薩天巴，她用雙乳做了天和地，又用肉痣做了兩個蛋，由龜婆孵出人類始祖松恩和松桑，他們互相婚配繁衍了人類。

壯侗語各族都有洪水故事，大意是說，人類繁衍了，大地一片繁榮。後來，由於雷公作祟，天下大旱，英雄神布伯（壯）、布傑（布依）等去鬥雷公。雷公放水淹沒天下，最後只剩下兄妹倆，後互相婚配，生下肉團，剁成肉塊，撒於大地，變成了人類，從此大地又熱鬧起來了。這類故事中，《布伯》情節最為生動。故事說，有一年，雷公嫌供品不豐，把住天池的水，天下大旱。英雄布伯到天上去鬥雷公，雷公假裝答應給水。布伯回到地面，雷公卻下來劈人，他踩著布伯事先鋪在屋頂的水草，跌落簷下，變為公雞，被布伯用雞罩逮住了。布伯把他關在穀倉裡，囑咐伏羲兄妹看管，自己趕集買鹽來煮雷公肉。雷公哭喪著臉，從兄妹那裡騙到一點餿水，吃後力氣大增，他踢散穀倉，拔下一顆牙齒交給兄妹倆種。雷公逃回天上，放水淹沒天下。雷公牙齒種下不久，長出了個大葫蘆，兄妹倆把它掏空，坐在裡面，漂在水上。布伯乘坐打穀槽到天上去找雷公算帳，並砍斷他的雙腿，雷公放出鋸魚鋸斷木槽，使布伯落水遇難。大水退去。天下只剩下兄妹倆，經過烏鴉、竹子、烏龜的勸說，勉強結為夫妻。後生了一塊磨刀石一樣的肉團。他們一氣之下把它剁碎，拋散四野，誰知每一塊肉變成一個人，從此地面上有了人類。這是一個複合神話，包含了人類和大自然的抗爭和大劫難之後的人類再造。類似的人類起源神話都充滿了人類對自然、對自身繁衍的頑強鬥志和信心，同時留下了血緣婚痕跡。

仡佬族的《四曹人》是人類來歷的神話，它包含了人自身的演化。故事說，頭曹人是用泥巴捏成的，因為大風吹個不停，這曹人被吹化了。第二曹人改用草來扎成，草不會被吹化，卻被天火燒掉了。第三曹人是天上星宿變的，後來因為洪水潮天，大部分淹死了，只剩下兄妹倆，繁衍第四曹人，成為後來的人類。這個推原神話有著樸素的發展觀，表現了仡佬先民對自然界不同事物的性質的初步認識。

《力戛撐天》是布依族著名的創世神話，內容說的是，古時天地只有三尺三寸三分之隔，連扁擔都不能立著放。力氣比九十九條犀牛還大的力戛，決心整治天地。他先吃了三石三斗三升糟飯，喝了三缸三壺三碗酒，睡了三天三夜，攢足了力氣，爾後和大家一起一用力，天果然被頂上去三丈多高。力戛還覺得不夠高，又狠狠地吸一口氣，猛力用勁，天被他頂上去九萬九千九百九十九丈高，地也被蹬下去九萬九千九百九十九丈深。但天還是不穩，一鬆手就會塌下來。力戛只好左手撐天，右手拔牙當釘子，把天釘牢了。後來牙齒變成天星，拔牙淌的血變成彩霞，喘的氣成風，淌的汗成雨，眨眼成電，咳嗽成雷，掉下來的花格帕子成銀河，白汗衫成雲朵。天是穩當了，可惜沒有光明，他毫不猶豫地挖出兩隻眼球掛在天邊，右眼為日，左眼為月，大地才有了光明和生機。忙了九九八十一天，他累死了，身上的各個部位變成了萬物。這是一個感人的神話，創世英雄力戛不僅把天地的距離撐開，為人類創造了開闊高遠的生存空間，而且犧牲了自己，身上的一切分別成了天地間的萬物。在這裡，我們看到了早期人類的創業精神和自我犧牲精神。

讚揚各族祖先造天地萬物的神話還很多，例如布依族另一神話《造萬物》，讚頌無所不能的翁傑造天地、造五色泥、造山巒、造田地、造房屋、造米糧、造火、造雞、造道路、造棉紗、造集市、造舟橋，為人類的生活做出了重大貢獻。侗族松恩、松桑之子女公樓、薩當造石器，其子女鋼羅、薩可造魚網和取火，再下一代雅雄、薩樣造骨器和舟船，到了七童、金姑進入銅器時代，其子女宜仙、宜美發明馴養，這時遇到洪水淹沒天下，剩下姜良、姜妹兄妹繁衍人類。這些奇特的神話，頌揚了人類的智慧和創造，是勞動創造世界的頌歌。

◇（二）遠古社會生活神話

反映遠古社會生活的神話，包含有原始宗教、早期婚制、氏族社會生活習俗、部落衝突、人類遷徙等一幅幅用豐富的想像重彩描繪的畫面。

在壯侗語族各族的洪水神話裡，都普遍有兄妹親的情節，說是水淹天下之後，只剩下兄妹倆，他們不願結親。但為了繁衍人類，在雷王的苦勸或神仙的啟示下，經過若干靈驗的顯示勉強結合，以延續人類的苗裔。這反映了氏族社會早期的血緣婚轉變為族外婚的歷史事實。血緣婚是原始社會的第二階段——血緣家族公社時期的婚制，實行群體內部的輩分婚。進入氏族社會，便轉為族外婚。到了氏族社會後期，男子居於主導地位，於是在壯族先民中出現了神話《三星的故事》。故事說，從前日月星是一家人，日為夫，月為妻，星星是他們的子女。這位丈夫是一家之長，十分嚴酷，妻子白天都不敢和他走在一起。他還貪婪地吞吃子女，鮮血把滿天彩雲染得紅紅的，所以子女們都躲著父親。只有到了太陽下山，妻子才帶著孩子們到廣闊的天空玩耍。清晨，東方微露朝霞，他們知道太陽要起床了，便相約很快地隱去，這則神話巧妙地用家庭生活來解釋日月星辰的執行規則。它透過大自然人格化的手法，把天象的故事編織得充滿了家庭生活的趣味，從側面反映了父系氏族公社時期女權的失落和男子在家庭中的專斷地位，女子失去了支配地位以後，屈從於男子的主宰。

《青蛙皇帝》是壯族的圖騰神話，這個複合神話帶有階級社會的一些影子。故事說，有一位老婦人吃了一顆檳榔，生下一隻青蛙。原來這是一隻神蛙，牠本住在天上，牠的父親雷王特派牠作為天使，投胎人間。神蛙同情人類，保護壯民。當人間需要雨水，牠便昂首向天高叫，父王聽了，馬上給予人間甘霖。當人間出了惡人或妖魔，牠便向父王稟報，跟父王去劈死惡人和妖魔。有一年，外敵入侵，國王的兵將打了敗仗，只得出榜招賢，說誰能退敵，招為駙馬。神蛙知道後便去揭榜，牠到了陣前，把嘴一張，一團大火球直向敵陣滾過去，把敵人燒得片甲不留。神蛙得勝還朝，國王為難了，女兒怎麼能嫁給牠呢？但他又怕神蛙的本領，不敢食言。成親那天，國王大設婚宴。酒席之上，神蛙把皮一脫，變成了一位英俊的青年，公主高興極了。國王手舞足蹈，披蛙皮作樂，竟脫不下而變成了癩蛤蟆。神蛙即了王位，百姓宴樂。神蛙久居人間，保護壯人祖先，人們把它奉為民族守護神。青蛙是壯族的圖騰，民族保護之神，地位如漢族的龍。壯族先民早期崇敬鳥，後來農業興起，又奉蛙為圖騰。這則神話透過幻想和誇張，宣揚了青蛙的神力。同時間接反映了氏族社會晚期的部落衝突，也透露出一些不同民族先民衝突的訊息。

人類遷徙也是早期神話的重要內容。

《祖公上河》描述了侗族祖先遷徙的艱難歷程。神話說，侗族祖先原先居住在潯梧一帶，因為生活不下去，只好由王素率眾西遷。途中經過千難萬險，終於在現今侗人居住的地方找到了落腳點。人們在此開闢新壤，各部定居，生育子孫。公甘、公坦、公伶、公朝等分別當了各部的酋長，起「款」定規。史家研究，侗族祖先確由桂東遷來。在這裡，神話與史實是基本吻合的。神話中所描繪的沿途種種阻隔和艱難，正是侗族祖先艱苦經歷的藝術再現。

早期人類的遷徙，不是一件輕而易舉的事情，途中要遭到其他氏族、部落的阻攔，毒蛇猛獸的侵害，風雨雷電的襲擊，艱難險阻難以盡述。

壯族的遷徙神話《祖先神樹》說，布伯之後人口增多，只好分頭去找落腳的地方。人們相約：無論在什麼地方安營紮寨，都在山頭上種木棉、榕樹和楓樹，做五色糯飯。以後路過任何一個村寨，凡見到這三種樹，就是自己的兄弟了。這篇神話很感人，它表達了氏族、胞族、部落人們彼此親密的關係和對同一祖脈的永久紀念，也透露出圖騰崇拜的訊息。

華南地區各少數民族的神話，與烈日和暴風驟雨結下了不解之緣，形成了一種以雷雨、烈日、暴風為基調和底蘊的地緣神話。諸神只在風雨中各逞其能，紛紛總總，五光十色，顯示出越族先民與惡劣的自然環境作頑強抗爭的堅韌性格。在三大環境因素中，水是一個主調，水的變體是大霧，神話認為大霧凝固為泥。又認為一團帶水氣的大氣急速旋轉之後形成神蛋，蛋裂為天地。這一主調有明顯的地區標記。

華南地區各族神話在風格上特點鮮明，就其細膩而言，遜於西南神話而超過草原文化圈神話。就其情節開展的劇烈程度而言，超過西南神話而遜於草原文化圈神話，絢麗渾樸，虛幻怪異。這在主神雷神身上最為明顯，它可以製造洪水淹天，又可以下到人間懲處惡人，集善惡於一身。

這一地區的洪水神話告訴我們，越族神譜在洪水之後被斬斷了，子遺的兄妹是華夏祖神伏羲女媧。這又表明，少數民族神話與中原神話有著密切的關係。

中東南地區神話

神話是苗、瑤、畲、高山等民族史前文學的重要組成部分，它們折光反映了中東南地區各民族先民的社會生活和意識形態。由於這些民族沒有自己的民族文字記載的歷史，神話以口承形式世代相傳，在苗、瑤、畲等民族中還逐步形成韻文體的創世史詩和散文體的故事傳說，顯示出博大紛紜而卓異非凡的光彩。

◇（一）創世神話

❶開天闢地神話

在瑤族神話裡，宇宙開創歸功於神人合一、至高無上的女神密洛陀。說太古時代，天地混沌未開，「密洛陀站在宇宙裂縫間，雙臂向上頂，兩腳踩下緣，叫下緣變地，叫上緣變天。」她施展神威，「手加一分力，上緣升高九千丈」，「腳添一分勁，下緣沉下三千尺」，「頂了九千九百次」，「踩了九千九百回」，「唸了九千九百輪」，終於使「天拱地圓兩分離」。又經過了九千九百年嘔心瀝血的不懈努力，創造了火球和銀球，球掛在天上變成太陽和月亮；撕下紅、白、綠三色彩雲，為太陽做帽子、衣裳和錦被禦寒；抓一把銀珠子，拋向藍天變成星星，陪伴月亮「走夜路」。從此，乾坤初定，日月星辰俱全，荒涼冷清的宇宙變成了光明、溫暖的世界。接著，密洛陀派遣九個兒子整治大地：羅班開劈山川，疏導洪流，使大地「現出平原和沙洲」；大亨搬山移嶺，挑石填土造平壩，為人類生存準備居住和耕作的客觀環境。《密洛陀》神話在民間有多種變體，關於開天闢地，有的神話說：「幾萬年前，密洛陀用師傅的雨帽變成天，用師傅的兩隻手和兩隻腳做四條柱，頂著天的四個角，用師傅的身體做大柱撐著中間。」叫詰恩造山，叫牙佑買種子，撒遍山山嶺嶺，繁殖花草樹木。

苗族關於宇宙的創造，演變成曲折動人、跌宕起伏的神話，其中《開天闢地》、《造天地萬物歌》、《運金運銀》、《打柱撐天》、《鑄日造月》等最為典型。這些神話想像天地是一群巨人巨獸，偕同許多動物，分工合作，捨命打拚開闢出來的。大致內容是：混沌初開，雲遮霧幛，雲霧生大鳥科啼和樂啼，大鳥生天和地。天地降生時疊合擁抱在一起，巨人剖帕揮斧分開天地；往吾架「天鍋」把天地煮得「圓羅羅」；把公、樣公、把婆、廖婆伸出巨掌，拍拍捏捏，把天地收拾得大小吻合；兩腳八手的府方把天地撐開，讓風雨無阻，鳥兒展翅。最初，天靠妞香夫婦倆支撐，後來換成蒿稈和五倍子支柱，還是不穩固。寶公、雄公、且公、當公等四位祖先就從東方運來金銀，借山谷當風箱，風作風扇，岩石當錘，黃泥作爐，在九架山上鑄造撐天柱。後來，老鷹丈量土地，修狃規劃江河，養優造山，耙公整嶺，紹公填平地，紹婆砌斜坡，火耐擊石生火等。同時，寶公、雄公、且公、當公等還仿照投石入河呈現的圓形水紋的樣子，用金銀鑄造日、月、星、人、獸及其他動物，就這樣群策群力，完成了開創宇宙的奇蹟。

畬族神話《高辛與龍王》說，畬族始祖高辛王降生時，天穹殘缺，宇宙黝暗，「他用松樹枝編成一個球，點著火，掛在天上，這便是太陽，太陽光是強烈的。他用楊柳條編成一個球，點著火，掛在天上，這便是月亮，月亮光是柔和的。他看見天破了，便拾了許多寶石做釘子，把天補好，這便是星星，星星是閃閃爍爍的。」同時，高辛王扳倒一棵楓樹，用楓葉變飛鳥，撅斷大樹枝放在地上變走獸，小樹枝拋水裡變魚蝦，還用木屑迎風一吹變成飛蟲，使大地充滿生機。

高山族神話想像大地猶如一面鏡子般平坦，後來遭遇洪水洗劫而坎坷不平，低窪處成江河湖海，凸出處變丘陵山嶺。排灣人神話說：大地沉降洪水無所存，有一隻蚯蚓吐糞淤泥，堆積成山嶺坡地。

❷人類起源神話

瑤族神話敘述密洛陀創造天地後，苦心孤詣創造人類的過程。開始，她採集九十九種花卉，蒸了三斗糯米，調和花粉，捏成四肢五官俱全的人形，放在大缸裡卻都溶化為酒；繼而取蜂窩製黃蠟，把蜂胷和蠟製成人形，放進四隻箱子裡精心護理。「夏來搧涼風，冬來呵暖氣」，果然生下十男十女，這便是最早的人類。

另一則《密洛陀》神話則說：密洛陀為了創造人類，先後用泥土、米飯、芭芒、南瓜、地瓜等造人，都失敗了。後來意識到要造出人類，必先選擇「好地方」。於是派遣聾豬、狗熊、麝子、啄木鳥、木尾鳥、烏鴉、老鷹等四處尋找，終於找到了四季如春、百花齊放的地方，採回蜜蜂窩造出了活脫脫的人類來。

苗族的《楓木歌》追溯人類與萬物一起生自一棵神奇的楓香樹。這棵楓香樹是神人勞公栽種在寨邊魚塘岸上的。由於樹上棲息的鷺鷥和白鶴偷吃魚塘裡的魚，楓香樹受到株連，結果遭到砍伐。楓香樹被砍倒後，化生鼓、雞、燕子、蜻蜓、蜜蜂等，同時誕生了人類始祖——妹榜妹留（蝴蝶媽媽）。妹榜妹留與水上的泡沫「遊方」結親，生下十二個蛋，孵化出姜央、雷公、龍、虎、蛇、蜈蚣等十二個兄弟。姜央便是人類之祖。在苗族神話世界裡，人獸不分，萬物同源，蝴蝶媽媽是人，獸、神、妖的共同母親。

高山族的人類溯源神話具有濃厚的圖騰色彩。泰雅人說：遠古時，平斯巴干一塊巨石爆裂，生出一對男女，便是人類始祖。阿美人說：阿拉巴奈是一株參天大樹，被霹靂劈開，從樹幹裡降生人類始祖。布農人想像人類始祖是初具人形的科科特拉蟲，只會匍匐蠕動，後來螻蟻咬牠、蟲蚊叮牠，科科特拉蟲受到刺激，奮然站起，學會兩腿行走，後來變成真正的人。排灣人神話說始祖是慈祥的太陽。說太陽降生兩顆卵，一顆黃色，一顆綠色。它們飄落大武山上，由棲息竹林的百步蛇孵育，化生男女祖先，並互婚繁殖人類。達悟人神話中說神造男性始祖。傳說天神降臨蘭嶼島，觸動巴布特山的一塊大石，石裂，生一男童，觸動一株巨竹，竹裂，又生一男童。兩個頑童在沙灘嬉戲，忽然從奇癢難耐的膝蓋裡面生出一對男女，分別是「竹系」和「石系」的後裔。總之，高山族神話中說人類來自石生、竹生、樹生、卵生、蟲生、鳥生或神造等等，撲朔迷離，想像奇特。

畲族神話《高皇歌》、《龍麟和他的子孫》等溯源畲族始祖。《高皇歌》敘述畲族始祖盤瓠生自高辛王妻子耳朵裡的三寸金蟲，降生即成龍犬，身長三丈，五彩斑斕，高辛帝名之「盤瓠」。適逢番王入侵，高辛張榜求賢退敵，許嫁三公主。盤瓠揭榜，化成飛龍直奔敵陣，殺番王，銜其首凱旋。為蛻變成人，龍犬要蓋在金鐘內七晝夜。至第六天，公主怕牠餓死，乃啟鐘探望，結果龍犬全身已化人形，唯頭部依然未變。後來盤瓠與公主成親，生下三子一女。因為孩子出世時，「大子盤子裝」，「二子用籃裝」，「三子正響雷」，故賜姓盤、藍、雷三姓；一女嫁於鍾姓。這便是始祖盤瓠及畲族四姓氏的來歷。這則神話反映了畲族古老的犬圖騰崇拜。

◇（二）遠古社會生活神話

❶反映血緣群婚制度

中東南地區各民族的不少神話都有洪水滅絕人類，兄妹互婚再生人類的內容。

苗族的《雷公山的來歷》及其他相關神話，基本情節除了反映雷公與姜央的衝突、雷公發洪水滅絕人類之外，還反映姜央的一對子女乘雷公贈予的葫蘆劫後餘生，後兄妹結為夫妻，再生人類。有的描寫姜央為生殖人類，主動求歡，其妹礙於祖訓禁忌，提出種種藉口和條件，但都沒有難住姜央，兄妹遂成夫妻。他們婚後生怪胎，姜央把它砍碎，撒遍山山嶺嶺，繁衍各色人種。

瑤族的《伏羲兄妹》敘述兄妹婚姻經歷了徵詢動植物、滾石磨、祈神卜斷等複雜過程。伏羲兄妹坐葫蘆逃生，雷公鑒於人間已被洪水毀滅，要求兄妹成親，再生人類。兄妹不同意，徵詢竹子和烏龜，它們都表示贊成。最後，雷公找來一盤石磨，讓兄妹分別從東山頂和西山頂滾下坡，結果兩個石磨疊合在一起，表示神意贊同兄妹聯姻。他們婚後五年生一團「肉瘤」，被剁成肉末，拋散四方變為人類。

高山族神話尋根覓祖，推崇兄妹始祖繁衍人類，功高蓋世。阿美人神話說：洪水暴發時，比洛卡拉烏和瑪羅基洛克兄妹乘「多當」（木臼）逃難，漂至扎朱拉安。定居後結為夫妻，生子女十二人，六男六女。子女又自婚，分別繁衍泰雅人、布農人和阿美人。阿美人的後裔，統稱「巴卡多當艾」（木臼傳人）。另一對姐弟基基赫和巴特拉烏乘「扎方」（壁板）西流，漂至達玻洛重建家園，後來也結為夫妻，生子女十人，五男五女，子女又互婚，並遷徙各地建立部落。這一支阿美人後裔，統稱「巴卡扎方艾」（壁板傳人）。馬蘭社阿美人神話還記述了兄妹繁殖人類幾經挫折，艱苦備嘗的過程。

在高山族神話裡，還有遠古先民非血緣婚嘗試的曲折反映。排灣人神話說：兄妹夫妻繁殖人類，生育的第一代後裔「眼睛長在拇指上」；第二代又兄妹相配，生育的子女「眼睛長在膝蓋上」；再從兄妹結合，生育的後代「眼睛移到額頭上面」。達悟人神話說：天神觸動巨石巨竹，化生兩個男童。從他們的膝蓋裡分別生出一對兄妹，開始兄妹匹配，結果生下的子女無一不殘，後來交換妻子，生育的子女才完美無缺。賽夏人神話《同姓互婚的悲劇》，宣揚血親互婚是「禁忌」，必遭天譴。神話說：苧姓賽那索人的長老達莫·阿道自恃族人體魄強健，勤勞善獵，實施血親互婚，結果觸犯祖規禁忌，遭到天絕的厄運：「……五個月以後，族長瓦雅·達洛親自去看，究竟苧姓人同姓通婚的結果如何。族長對芎姓人說：『你們認為芎姓人多，……外面山上有棵樟樹，如果你們芎姓人多，一定可以把它圍起來的。』族長叫芎姓長老和年輕人去看那棵樟樹，達莫．阿道看了以為芎姓人手拉手將樟樹圍起來不成問題，就將芎姓人全叫來。一圍之下卻少了一個人，結果這些芎姓人當場全死了。」

以上神話曲折地反映了先民對血緣婚制度及其道德觀念，從肯定到否定，從讚賞到摒棄的認知及實踐過程，為我們探討史前血緣家族社會生活及婚姻制度的演變提供了有益的啟示。

❷反映民族關係

中東南地區各民族神話有部分內容反映了史前民族或部落之間錯綜複雜的關係。例如，高山族有關「小黑人」的神話揭示了臺灣遠古時代民族及其歷史演變的若干面貌。賽夏人有關「達愛」人的神話，詳盡地敘述賽夏人與另一支土著「達愛」人之間從和睦相處到交惡相殘的始末。排灣人一則神話敘述「小黑人」酋長宴請部落盟友的情景。說小黑人酋長基阿拉莫克盛宴款待前來會盟的塔茲托克，賓主觥籌交錯，歡歌笑語。席間，酋長的兒子作陪，塔茲托克見他少年英俊，當即奉迎幾句。酋長深感榮耀，當即持刀割斷兒子的咽喉，用兒子的血和肉饗客，認為這是最珍貴的禮物。這則盛宴殺子酬賓的故事，折射出原始時代「小黑人」尚武剽悍、獵首成風的社會習俗。布農人的《薩朱索》描繪布農人與小黑人薩朱索之間的交鋒。薩朱索身材矮小，動作靈活，擅奔襲伏擊，使布農人深受其害又無可奈何。布農人吸取失敗教訓，發揚群體作戰的優勢，誘敵深入，而後全殲。這場以峰巒疊嶂、山澗叢林為依託的角逐與搏鬥，驚心動魄，重現了古代臺灣民族關係史上既有友好相處又有兵刃互見的一幕。

此外，中東南地區各民族反映遠古社會生活神話，諸如狩獵、捕漁、採集及原始農耕等內容，往往與創世神話、征服自然神話等交融會合，組成洋洋大觀、各具特色的神話體系。綜覽這些神話，明顯地以高山和大海為它們的底色，構成了山海主調，在這個底色之上展開其詭祕神奇的情節，反映了這些民族高山環境的生活和不斷在高山之上遷徙的歷史軌跡，形成了中東南地區少數民族神話特有的風格。神、巨人與各種動物合力造天地；神站在宇宙縫隙間撐開天地；以彩雲做太陽的衣帽；白楓樹生人和萬物；大地如鏡，因遭水患而凹凸不平；日月多達一百九十八個；用土、米飯、芭芒、南瓜、蕃薯造人；蛇背形成群山；蟒堵水道形成洪水滔天；大蟹助人造大地；鹿搖頭引起海上強風暴雨；海鯨送寶；銅柱支天等等。這些有別於其他地區神話的情節、角色無不與高山和大海相關。在射日月神話中，用很長篇幅描繪了巨神走上征途的遙遠和艱險，飽含了苗、瑤、畲先民遷徙的辛酸。正是這些情節，形成了這一地區神話細膩、凝重的風格，給人某種壓抑和堅韌的感覺，蘊藏著早期人類一種與命運搏鬥以求得生存的偉大潛力。

史詩

北方地區史詩

北方地區的史詩主要是英雄史詩。在東北這塊土地上，茫茫林海，莽莽雪原，錘鍊了各族祖先粗獷、豪邁的性格。無論是與猛獸搏鬥、與邪惡勢力鏖戰，都顯得悲壯激越，驚心動魄，這正是英雄史詩產生的沃土。目前整理發表的主要有蒙古族的《勇士谷諾干》、《喜熱圖莫爾根汗》，達斡爾族的《阿拉坦噶樂布林特》，赫哲族的《滿斗莫日根》等。

◇（一）《勇士谷諾干》

這是蒙古族一部著名的英雄史詩，它在不長的篇幅裡，生動地描繪了氏族公社首領谷諾干與十二首魔王拚死戰鬥的英雄事蹟。史詩梗概是這樣的：谷諾干是氏族的酋長，又是一位英勇的軍事首領。

他的氏族已經以畜牧為主要經濟生活，他們的「家禽漫山遍野」，「五畜成群結隊」。谷諾干和大家一起放牧，過著相對穩定的生活。然而天有不測風雲，十二首魔王四出搶劫，挑起戰禍，打破了谷諾干及其氏族成員的和平生活。魔王劫走了他的夫人，為大夥帶來無窮的災殃。谷諾干挺身而出，率領他的部眾，與妖魔進行了漫長持久的生死搏鬥。

魔高一尺，道高一丈，這位英雄和他的氏族成員最終戰勝了十二首魔王，救出了妻子和眾多百姓，把魔窟夷為平地。

這首英雄史詩氣勢磅礴，充滿了蒙古族先民豪邁的英雄主義和天不怕、地不怕的剛毅性格，不啻蒙古民族精神的頌歌。詩中不僅反映了當時的氏族公社逐水草而居的游牧生活，而且透露出公社即將解體，階級分化已肇其端倪。魔王身為邪惡勢力的代表，受到了人們的厭惡和合力誅滅。谷諾干身為正義和勇敢的化身，代表了蒙古族先民疾惡如仇的品格，展現了人們的理想。

史詩在藝術上獨樹一幟，它雖然篇幅不長，但情節完整，氣魄宏大。想像和幻想性強，極富於浪漫色彩，展現了原始文學的藝術特徵。

與此相類的《喜熱圖莫爾根汗》，也成功地塑造了一位大戰眾妖的英雄形象，動人心魄。

◇（二）《阿拉坦噶樂布林特》

這部史詩大約產生於三百多年前，是達斡爾族祖先氏族時代的作品。

這部史詩透過激烈的戰鬥場面，歌頌了氏族英雄阿拉坦噶樂布林特為百姓、為家鄉、為部落利益而戰的抗爭精神。達斡爾族曾經歷了漫長的原始社會，據歷史文獻記載，達斡爾族在清朝還保留了部落酋長制。史詩中出現的花公野豬精、巨鳳、巨蟒、九頭莽蓋等形象，正是社會的邪惡勢力和自然災害的象徵。為了捍衛和平、安定、幸福的生活，史詩中塑造了阿拉坦噶樂布林特高大無畏的英雄形象，展現了達斡爾族人的英雄氣概和抗爭精神，表現出他們對理想生活的追求。「他們的草房朝霞輝映，他們的牧場鮮花爛漫，他們的日子牧歌般和諧，他們的生活乳酪樣香甜。」這是達斡爾族人夢寐以求的理想境界。

西北地區史詩

中國西北地區是少數民族各具特色的史詩充分發育的沃土。主要有維吾爾族的《烏古斯傳》，柯爾克孜族的《瑪納斯》、《英雄扎西吐克》，哈薩克族的《英雄托斯提克》，烏孜別克族的《阿勒帕米西》等，這些史詩規模宏偉，氣勢磅礴。這些史詩是民族精神的化身，是形象化的歷史，閃耀著民族智慧的光華，表現了遠古人類的願望和理想、生活和抗爭，對後世文學藝術創作產生深遠影響，成為民族早期藝術的典範，有很高的藝術價值和歷史價值，是中國乃至世界文學寶庫中難得的珍品。

◇（一）《烏古斯傳》

《烏古斯傳》又稱為《烏古斯可汗傳》，是維吾爾族的一部英雄史詩，它用詩的形式敘述了維吾爾族祖先烏古斯驚險的經歷。

《烏古斯傳》是英雄時代的傑作。首先，用公牛腿、狼腰、貂肩和熊脯來形容他的形象，這就強調和突出了雄性，說明史詩涉及的是進入父系氏族公社以後的事情。而「全身長滿了毛」不過是對氏族時代人類外貌的描繪。其次，長詩中多次出現獨角獸的形象，那隻特大的獨角獸無疑是《山海經》中的猙，即黑龍江省考古出土的披毛犀。

在中國北方有披毛犀的時代大約在西元前二、三世紀。史詩中有幾段蒼毛蒼鬃大公狼作嚮導，烏古斯因而連戰皆捷的情節，反映了蒼狼與維吾爾族先民的生活密切相關，因此被尊為圖騰，這正是氏族社會一大特徵。此外還有關於崇信蒼天、樹木等萬物有靈的多神信仰，表現了氏族社會人們的特定意識。關於部族之間的頻繁戰爭的描寫，史詩用了將近三分之二的篇幅，這正是英雄時代的特點。

從上述幾點可以看出，英雄史詩《烏古斯傳》產生的年代當在維吾爾族先民處在父系氏族公社逐漸解體而向奴隸社會過渡時期。從烏古斯出世到征服巴爾汗（西遼），打敗馬薩爾可汗，歷史跨越了十多個世紀。烏古斯大約誕生在西元前三至前一世紀之間，而攻戰巴爾汗則在西元十三世紀。這一現象正好說明了民間文學口耳相傳，世代相襲，集體創作，在流傳的過程中不斷地被加工、補充的特點。

《烏古斯傳》版本較多。有回鶻文字、察哈臺文字和拉施德《史集》、阿不勒哈孜《突厥世系》記載本。目前發現的最早的回鶻文手抄本，現藏於法國巴黎國民圖書館。

這首長詩具有重要的認知價值和美學價值，它再現了鴻蒙邃古時代，維吾爾族先民社會生活的原始風貌，內容囊括了政治、經濟、文化、科技、宗教、歷史、民俗、民族、語言等方面，至為珍貴。

《烏古斯傳》調動了多種藝術方式，如描寫、比喻、誇張、烘托、擬人等，刻劃了活靈活現、栩栩如生的人物形象。如史詩對烏古斯形象的描繪極為誇張：「臉是青的，嘴是火紅的，眼睛是鮮紅的，頭髮，眉毛是黑的。他長得比仙子還要漂亮。」「他長得腿像公牛腿，腰像狼腰，肩像紫貂的一樣，胸脯像熊的一樣。全身長滿了毛。」史詩對烏古斯的一位妻子是這樣刻劃的：她長得美麗絕倫，前額上有一顆閃閃發亮的火炭般的痣，好似北極星一樣。她的一顰一笑是那樣的動人，「她要笑呀，藍天也要笑，她要哭呀，藍天也哭」。

史詩的語言形式具有鮮明的特色，它採用於散韻結合的說唱體，在敘述中穿插韻文詩段，使得詩歌鏗鏘成韻，抑揚頓挫，富於強烈的節奏感和音韻感。

◇（二）《英雄托斯提克》

《英雄托斯提克》是哈薩克族英雄史詩。史詩的內容是：托斯提克是葉禾那扎爾的幼子。他的八位兄長長期外出未返，他歷盡艱險，克服重重困難，找回了他們。後來，寶物——磨劍石被巫婆施計竊走。托斯提克跋山涉水，踏遍戈壁，戰勝各種危險，終於找回了磨劍石。接著，他在巧手、飛毛腿、大力士、喝水大王、巨鵬等的幫助下，把帕木爾公主接到地下蛇王巴佛爾的王宮裡。他殺死了巨蟒，打死了巫婆的兒子們，戰勝了魔女，終於與自己的妻子柯尼吉凱團聚，恢復了青春，過上幸福生活。

西南地區史詩

西南地區各少數民族雖然社會發展不平衡，但大多數都一直保留著本民族的創世史詩。如彝族的《梅葛》、《查姆》、《勒俄特依》、《阿細的先基》，哈尼族的《奥色密色》，白族的《開天闢地歌》，納西族的《創世紀》，佤族的《西崗里》，拉祜族的《牡帕密帕》，景頗族的《穆瑙齋瓦》，土家族的《擺手歌》，阿昌族的《遮帕麻和遮米麻》等等。這些創世史詩的形成，經歷了一個相當長的時期。它是在神話基礎上發展起來的，是人類追溯歷史、解釋歷史的產物。隨著社會的發展變化，經過世世代代的加工補充，內容不斷豐富，形式不斷完美。創世史詩中有神話，也有現實，一般都包括了天地形成，人類起源，洪水滔天，兄妹結婚重新繁衍人類，火的發明，民族的遷徙和定居，畜牧業、農業的發展，婚喪節令等習俗。它與人類早期社會的發展、民族產生的歷史直接關聯，既是文學，又是各民族的「史書」。各民族人民都把本民族的史詩當做自己的「根譜」，凡在重大節日或慶典中，都要演唱。

◇（一）《查姆》

《查姆》是雲南楚雄彝族講述天地、日月、風雨、人類、民族、衣食及萬物起源的一部創世史詩，主要流傳於哀牢山區的雙柏縣，是彝語五言韻體詩歌。

楚雄彝族是將《查姆》作為本民族的歷史來看待的。當地彝族人民逢年過節、婚喪祭祀、播種收割、出獵放牧、起房蓋屋，都要請畢摩來演唱《查姆》，追憶先民茹苦含辛與大自然抗爭的事蹟，緬懷祖先披荊斬棘建立家園的艱辛，教育後代，啟迪子孫繼往開來。

《查姆》是彝語的音譯，意譯為「萬物起源」。現整理出版的《查姆》共三千五百多行，分上下兩部。第一部由序詩、天地的起源、獨眼睛時代、直眼睛時代（包括乾旱、直眼人的生活）、橫眼睛時代（包括洪水滔天、找葫蘆、配親、民族來源）等部分組成。第二部由麻和棉、綢和緞、金銀銅鐵錫、紙和筆、書、長生不老藥等部分組成。

在史詩中，楚雄彝族先民把史前人類的發展分為「拉爹」（獨眼人）、「拉拖」（直眼人）和「拉文」（橫眼人）三個時代。《查姆》以大量篇幅反映了前兩個時代的情況，以及向第三個時代的過渡。

開天闢地之後，神造出獨眼人。這時代，人和猴子分不清（猴子生仔也是獨眼睛），不會說話，不會種田，人吃野獸，野獸也吃人，有時還會人吃人。不知過了多少代，獨眼睛人用石頭敲硬果，濺起火星星，這樣才學會了用火。獨眼人不種農作物不工作，不分男和女，不分長幼尊卑，兒子不養父母，爹媽不管兒孫。群神製造了一場大旱，除了留下一個學會勞動的「工作人」之外，把獨眼人都晒死了。

獨眼人被晒死之後，留下的「工作人」與神女相配，學會了建房蓋屋，學會了栽培農作物。後來，卻生下一個皮口袋，把口袋剪成三截，跳出一群螞蟻，變成一百二十個胖娃娃，男女各六十，都是直眼睛。上節口袋生的配成二十家，去高山種桑麻；中節口袋生的配成二十家，去壩子種穀種瓜；下節口袋生的配成二十家，去河邊打魚撈蝦。

直眼人多了，不懂道理，常吵架，於是神便降了一場洪水，淹死直眼人，只留下「好心的」阿卜獨姆兄妹倆。兄妹結親，生下橫眼的三十六個小娃，但不會說話。爹娘砍竹放在火塘裡燒，火星濺著小啞巴，他們叫起來了。叫「阿子子」的成彝家，叫「阿噠噠」的成哈尼，叫「阿呀呀」的成漢家。人們學會種桑麻，煉金銀銅鐵、造文字、找長生不老藥，這樣便開創了歷史。

《查姆》中關於獨眼人、直眼人和橫眼人三個時代的說法，是彝族先民對自身演化發展的認知。這種認識雖帶著虛幻色彩，但也包含著合理的因素。獨眼人，可以被看做是「蒙昧時代」的原始人的形象。以採集天然食物為生，不分長幼尊卑的群婚，都是這個時代的特徵。直眼人，可以看做是「野蠻時代」原始人的形象，縱眉直眼與《華陽國志》中「古之氐人，其目縱」的記載相符。按血緣關係組成的小家庭種桑種麻、打撈魚蝦，同樣是「野蠻時代」的特徵。橫眼人學會紡織、冶煉，有了紙和筆，創造了文字，懂得醫藥，象徵著跨入了文明時代的門檻。

《查姆》的內容十分豐富，具有多方面的價值。它不僅是文學上的一部創世史詩，同時也是研究彝族歷史、社會、思想文化及民俗的重要數據。

◇（二）《崇搬圖》

納西族《崇搬圖》又稱《創世紀》。「崇」即人類，「搬」即遷徙，「圖」即由來，意為「人類遷徙的由來」。因此，也有譯為《人類遷徙記》的。

《創世紀》產生的年代較早，屬於納西族的早期作品，它長期在民間流傳，最後被文人記載並定型化。它的寫定年代大約在納西族從奴隸社會過渡到封建社會的初期，即西元七世紀至西元九世紀之間。

《崇搬圖》是納西族文學中的一顆明珠，它想像奇特，美妙神奇，藝術地表現了納西先民關於世界起源於物質，物質又不斷發展的樸素自然觀，同時熱情地歌頌了人類祖先的創造力。

納西族除了《崇搬圖》外，較著名的還有《黑白爭戰》和《哈斯戰爭》等。前者透過東族和術族之間的抗爭描寫古代部族之間的戰爭，後者主要描寫善良戰勝醜惡的抗爭。

◇（三）其他史詩

除了上述優秀史詩外，西南地區各民族中還有不少史詩，它們或講述人類起源，或講述民族遷徙，或講述分年分月分日，或講述早期人類生產生活方式等等。

白族的《開天闢地歌》分為「洪荒時代」、「天地的起源」、「人類的起源」三部分。「洪荒時代」敘述，在遠古的時候，樹木會走路，石頭會走路，牛馬豬狗會說話。大地是平川，沒有高山和大海。盤古盤生兩兄弟殺了製造洪水毀滅人類的龍王，龍死後變成了虹。「天地起源」講的是盤古盤生創造世界的故事。盤古變成天，盤生變成地，並化身為「木十偉」，變成天地中的萬物。

「人類起源」中說，那時沒有人種，觀音留下兄妹二人，藏在金鼓裡，漂在海子中，老鼠咬開了金鼓取出了人種。

哈尼族的《奧色密色》由「開天闢地」、「民族起源」、「兄妹成親」、「民族遷徙」、「分年月日」、「安家」等六部分組成。從天王派神改變混沌狀態，「殺翻龍牛造天地」講起，待天地形成後，「喝了懷胎水」的踏婆、模米生下了人。「太陽光下生男人，月亮光下生女人，踏婆生了百人，模米生了千人」。接著暴發洪水，除兩兄妹外，地上的生物全被淹死。兩兄妹成親，養育子女，老大是哈尼，老二是彝族，老三是漢族。後來人多了，三兄弟便分家找新住地。史詩中還敘述了人類早期的社會生活，如原始農業生產、節令、定居等。從中我們可以看到哈尼族先民為了創世立業，所經歷的艱難險阻；為了安家定居，所進行的披荊斬棘的奮鬥；為了獲得萬物的種子而經受的千辛萬苦。

拉祜族創世史詩《牡帕密帕》由「勐呆密呆」、「雅卜與乃卜」、「勐屬密屬」三部分組成，在拉祜族地區流傳極為廣泛。它不但生動地反映了拉祜族歷史風貌，而且融入了大量的神話。「勐呆密呆」是拉祜語音譯，意譯為「造天造地」。主要敘述厄莎天神造天地和萬物的故事。「雅卜與乃卜」主要講兄（雅卜）妹（乃卜）打獵的故事。他們先是採野果、掏蜂蜜吃，後來到山上定居，蓋起了茅屋。哥哥和妹妹天天分頭去打獵，並開始製造鋤犁，種青菜種穀子。人慢慢多起來，建立了寨子，選出了管理寨子的頭人，「勐屬密屬」意思是尋找肥沃的土地。它生動地描述了拉祜人從採集、狩獵到農耕生產的發展過程，也反映了民族戰爭和民族遷徙的歷史。

《阿細的先基》是彝族阿細人的創世史詩，「先基」是阿細語，即「歌」之意。全詩五千餘行，分為「引子」、「最古的時候」、「男女說合成一家」和「尾聲」四大部分。採用男女二人對唱的形式。「最古的時候」主要內容是敘述原始社會時期人們的生活狀況及人們對自然現象的解釋。以人和自然的衝突貫串其中，從而表現了人類試圖認識自然和征服自然的堅韌不拔的精神。「男女說合成一家」以男女談情說愛為主要線索，具體而生動地描繪了阿細人純真的愛情和獨特的婚姻習俗。

景頗族創世史詩《穆瑙齋瓦》是一部有名的長詩。「穆瑙齋瓦」是一種專門歌唱歷史的曲調名稱。這部長詩從開天闢地唱起，敘述了景頗人從遠古以來的發展演變。《穆瑙齋瓦》有五六種異文，盈江縣流傳的全詩近萬行。

阿昌族的創世史詩《遮帕麻和遮米麻》敘述的是天地產生以前，宇宙一片混沌。遮帕麻造天，造太陽、月亮和星星；遮米麻織地，在大地上織出了花草樹木和江河湖海。接著他倆結成夫妻，生下九種民族。後來他們又去補天、補地、降妖、射日，建立了一系列的功勞。

《擺手歌》是土家族的創世史詩。土家人每當擺手節日到來時，都要集中在「擺手堂」跳「擺手歌」。「擺手歌」是一種古歌，全詩分為四個部分：第一部分唱人類創造世界，說張古老製天，李古老製地，一位女子吞了仙桃和仙花，生下八子一女；第二部分唱民族大遷徙，第三部分唱土家人從事農業生產的情況；第四部分唱土家人的幾個古老故事。

獨龍族的《創世紀》全詩約有六百餘行，內容共分六個部分：天地起源、人的起源、人和鬼的抗爭、洪水滔天、娶老婆的來歷、「卡雀哇」年節。

西南地區少數民族史詩主要是創世史詩，這與草原文化圈史詩很不相同。由於這些史詩是在神話的基礎上發展起來的，因此，某個民族的史詩幾乎都完整地保留了該民族所有創世神話、征服自然神話、推源神話、遠古社會生活神話，具有原始神話的性質。

許多史詩是從神話中引述出來的，但它與神話的內容和形式又不完全相同，是一種儲存神話的複合型史詩。以《查姆》為例，其上下部包括了天地起源、人類來源及其演變、洪水滔天、萬物起源等內容，洋洋大觀。《梅葛》包括了創世、造物、婚嫁、喪葬等廣泛的遠古社會生活。史詩融神話與傳說於一爐，情節是圍繞著人類創世這一中心線索來展開的，顯示了西南各族祖先要求表現自我、追溯歷史和儲備經驗的強烈願望。這個內容決定了它的結構是按創世過程及每個階段的活動來安排的，多採取章節結構，往往一章一事，有條不紊。不過史詩在流傳中也黏附了階級社會的一些內容。這些史詩是被當做先世「根譜」來看待的，只在莊嚴的宗教活動或節日儀式中演唱，有團結部眾、追憶祖先、增強凝聚力的社會功能。更由於創世的神多為圖騰，因而有濃郁的民族特色。西南史詩一般比較質樸，不過分修飾，以保持作為祭歌的嚴肅性，多有專門曲調，韻律和諧，有藝術吸引力。

華南地區史詩

壯侗語族各族有豐富的史詩，其中關於開天闢地、萬物起源、人類來源、洪水滔天等創世史詩特別發達，篇章繁富。作為神話史詩的創世史詩，它們與同一內容的神話基本相同，但其情節和人物的塑造則較為豐滿。

華南地區的史詩較多，主要有壯族的《姆六甲》、《布洛陀》、《布伯》、《郎正射太陽》，布依族的《賽胡細妹造人煙》、《造萬物歌》、《十二個太陽》，侗族的《侗族祖先哪裡來》、《祖源》、《祖先落寨歌》，黎族的《姐弟倆》，水族的《開天立地》，傣族的《變扎戛帕》等。

◇（一）《布洛陀》

《布洛陀》是壯族一部著名的創世史詩，它包含了遠古壯族祖先的生產抗爭、社會生活、風俗習慣，原始宗教及氏族社會崩潰過程等豐富的內容，可以說是壯族史前時期的百科全書。《布洛陀》一共有二十多種手抄本，其中有許多本子為師公經典，經節選合為《布洛陀經詩譯注》，共五千四百七十一行。又有將其中的《摩兵布洛陀》、《摩呷布洛陀》和《摩叭布洛陀》三種本子綜合整理的《布洛陀》，長一萬多行，分為開頭歌、創造歌、治理歌三大部分，共十九章。

《布洛陀》內容十分廣博，從天上到地下，從神到人，從開天闢地到創造萬物，上下千萬年，相容并包，是一部壯麗輝煌的原始社會史。它雖然產生和形成於氏族社會的中後期，但所反映的內容遠遠超過這一時期，往上延伸到了血緣婚時代甚至更早，曲折地反映洪荒時代人們的朦朧記憶。詩中對自然界和人類社會的認知，包含了樸素的唯物主義觀點。

《布洛陀》廣泛採取了誇張、比喻、覆疊等手法，韻律鮮明和諧，富於音樂性。它的突出成就是塑造了一個感人的形象，他無所不能，無所不知，為人類的幸福辛勤勞動，不斷創造，贏得萬代子孫的敬仰。

◇（二）《開天立地》

《開天立地》是水族一部優美的創世史詩。全詩包括開天立地、製造日月、造山造樹、戰勝野獸、創造發明、治理洪水、恩公踩地等章節，長達六百多行。一開始，長詩就抒寫了女牙俁開天立地的壯舉。

天地穩固之後，女牙俁又把天地之間的混沌之氣分開，使天地之間清爽。接著又造日月，共造了十個太陽和月亮，岩石泥土被晒得融化了，她又把多餘的射掉，只留了一個太陽和一個月亮。

天上安排好了，女牙俁又來美化河山，她造出種子撒向大地，春天一到大地一片綠茵。天地造好了，但人類還處在蒙昧時代。

人類和野獸一起遊蕩，和雷公稱兄道弟，又是女牙俁給了人類智慧，人們於是驅趕野獸，奪得生存的空間。

此後，人類進入了社會進化發展階段，詩中引入漢族先民的神話人物，「有巢出，來教架棚」，「燧人王，來教造火」，「神農王，教造耙鋤」，「黃帝教，男女佩服」。誰知舜時落雨九年，淹沒天下，後來派夏禹治水。詩的最後部分讚頌了巨人恩公重整大地的豐功偉業。

《開天立地》所反映的人類早期歷史，跨度很大，詩中所歌頌的女神，是一位充滿熱情和智慧的創造神、始祖神，形象極其鮮明。在藝術上，以細膩的描寫手法為其特徵。史詩為水族民歌中的三四言節奏，頭韻、腰韻、腳韻交叉使用，顯示出特殊的風格。

◇（三）《侗族祖先哪裡來》

這是侗族的一部複合創世史詩，包括人類來源、洪水滔天、祖先遷徙等內容。全詩共分七個部分。第一部分龜婆孵蛋，敘述龜婆先後孵出松恩、松桑兩個侗族的祖先。第二部分敘述松恩松桑生十二子，最小的叫王素，他用鋸子鋸樹取火，又逗大蛇取火，用火繩拴住牠的尾巴，造成漫天大火，殃及雷婆。

她先後打爛了王素九座新屋，王素大怒，用計把她捉住，關進鐵屋。第三部分講述王素有事出門，雷婆騙王素子女丈良、丈美得一杯瓢淘米水，喝了之後力氣大增，降下洪水滔天，只剩下丈良丈美兄妹倆。在第四部分裡，描繪兄妹借大蛇、黃蜂、馬蜂之力，勇鬥雷婆。雷婆鬥敗求饒，答應退去洪水。第五部分「兄妹開親，繁衍人類」，與一般洪水神話相同。最後兩部分「侗族祖先哪裡來」和「九十九老人議『款』」，敘述了侗族祖先從梧州、潯州遷移到現在居住的地方，起「款」立寨，繁衍生息。這顯然是後加上去的。

這部史詩的特點是歷史跨度很大，從人類社會肇端一直到中唐的祖宗遷移。詩中洪水的肇事者不是一般說的雷王而是雷婆，顯示出母系氏族強烈的影響。詩的脈絡分明，描繪生動細緻，是侗族祖先千百年的藝術結晶。

中東南地區史詩

中東南地區各民族的史詩，以苗族的《苗族古歌》、瑤族的《密洛陀》、畲族的《盤瓠王歌》最為著名，素有「聖書」、「傳家寶」之譽。這些創世史詩是有關民族先民以闡述天地萬物、人類祖先乃至民族起源等為主要內容的長篇敘事詩。它們是用韻文形式揮灑而成的神話，以其特有的內容和形式，展現了苗、瑤、畲等民族遠古時代的歷史演變與生活畫卷，不但有很高的文學價值，而且具有重要的歷史學、民族學及美學等多學科價值。

◇（一）《密洛陀》

《密洛陀》是瑤族的創世古歌，流傳於廣西都安、巴馬、田東、東蘭等地。依習俗，農曆五月二十九日密洛陀誕辰日和過瑤年時，都要宴饗歌舞，聚唱《密洛陀》以為祝壽，並表示恪守祖規。「密」意「母親」，「密洛陀」即「洛陀母親之歌」。相傳密洛陀是瑤族布努族係瑤民共仰的始祖神，《密洛陀》主要唱頌她的創世事蹟。

《密洛陀》在瑤族地區有不同的異本流傳。目前整理的有三種不同的版本，即：莎紅整理的九百多行的版本，潘泉脈、蒙冠雄整理的四千行版本和藍懷昌、藍書京、蒙通順整理的一萬三千行版本。

《密洛陀》這部神話敘事詩，想像豐富而新奇。密洛陀形象飽滿，栩栩如生，她被塑造成神人兼備的女性英雄，堅毅剛強，百折不撓，既是具有超人力量的神，又是開拓人間的普通勞動者，在她身上集中展現了瑤族人民的才智與果敢，折射出瑤族人民征服自然的強烈願望。

《密洛陀》採用無韻詩體，語言口語化，比喻生動，節奏明快，擅以重迭手法強調某種意義或感情。

◇（二）《盤瓠王歌》

畲族的《盤瓠王歌》，又名《高皇歌》、《盤瓠歌》等，是一篇七言體的歷史敘事詩。長達四千餘行，各地抄本詳略不一，但內容基本相同。這首廣為流傳的史詩，被稱為畲家「傳家寶」。一般由有名望的歌手在祭祀時傳唱。

《盤瓠王歌》以歌頌民族祖先的英雄事蹟為主題。它雖然在世代傳承的過程中融會了後世一些社會生活和思想意識，特別是遷徙一節記載畲祖在閩、浙的事蹟，顯然是明清遷徙的傳說。但是，構成史詩的核心內容無疑是畬族古代社會及意識的折光反映，富有神話特色。

《盤瓠王歌》按內容分為九部分。各部分銜接緊湊，氣勢貫通，主題突出。《盤瓠王歌》以滿腔的熱情敘述畬族始祖龍麒的英雄事蹟。龍麒不僅是一位智勇雙全、殺敵衛國的英雄，而且是畬族的開基始祖，具有非凡本領，能創造人間奇蹟。古歌以酣暢的筆墨描寫畬族分姓來歷，搬福建與浙江的輾轉遷徙，以及龍麒隱居入山墾荒、耕織和狩獵的生涯，為我們展現了畬族歷史演變與社會生活畫卷。

《盤瓠王歌》通篇七言歌體，韻體嚴謹，以演唱形式傳世，民族特色濃郁。此外，古歌在流傳過程中不斷吸收漢族詩歌比興和反覆詠嘆的表現手法，抒懷寄情，感染力濃烈。因此，在民間深受熱愛。

在苗、瑤、畬等民族文學中，蘊藏著極為豐富的史詩古歌，上面所舉的作品僅是其中一部分。

中東南各族史詩多屬創世史詩，其內容包括天地起源、人類來源、創造萬物、射日、遷徙等，容量大於華南史詩而與西南各族史詩相近，常造成「根譜」的作用，是一種複合型史詩。其結構多分章節，以創世過程為序。在形式上，《苗族古歌》採取五言輪迴問答體，押調，有濃郁的民族風格。在手法上，這些史詩多重疊、反覆，採取對偶和排比的方式。

奴隸社會少數民族文學

民間歌謠

西北地區民間歌謠

這一時期，西北地區各民族創造了豐富的民間歌謠。生活歌、儀式歌及諺語格言是民歌的主體。

◇（一）生活歌

讚美英雄，貶斥敵人，崇尚無私無畏的英雄氣概和為民族利益而獻身的精神，是其鮮明深刻的主題。這些描寫戰鬥場面的民歌在偉大的維吾爾學者馬赫木德·喀什噶里在他所編撰的《突厥語大詞典》中，被作為注釋突厥語詞彙的例證而有所保，成為維吾爾、哈薩克等民族先民的古代民歌的珍品。

◇（二）儀式歌

儀式歌是在民間舉行的各種儀式上唱的歌，如古代的征戰歌、慶祝豐收儀式上的祝詞、頌歌等。它往往表達人們祈望成功、勝利與生活幸福的願望。如錫伯族的婚俗歌〈沙林舞春〉，這是一首古老的婚禮歌，歌中以鳳凰比喻新婚，表達了人們對未來幸福生活的祝福和憧憬。它採用一人領唱眾人和的格式，更增添了婚禮歡樂、隆重、熱烈的氣氛。

維吾爾族的〈佩爾族〉（跳神歌）是一首產生於奴隸社會時期的宗教儀式歌。這首在悼念流血犧牲的英雄的儀式上唱的歌，在頌揚英雄的同時，透過薩滿的嘴，對奴隸社會的殘酷現實進行了憤怒的控訴。奴隸社會時期，奴隸主之間頻繁征戰，許多奴隸成了犧牲品，人們對他們既敬仰又惋惜，崇敬英雄便成了宗教儀式的重要內容之一，從這首歌可見一斑。

西南地區民間歌謠

◇（一）生活歌

藏緬語族各族的生活歌涉獵面相當廣泛，遍及勞工人民生活的各個方面，有孤兒歌、流浪歌、婦女歌和奴隸歌等。

珞巴族的〈遊子遠行〉敘述了一個遠離故鄉的遊子，飽經「行路坎坷」之苦，「流落外鄉」，「心憂腸斷」，歷盡人生的艱難。全歌自然純樸，如泣如訴，給人一種離鄉背井的悽愴之感。

薩瑪酒歌，是門巴族的一種民歌曲調，產生年代比較久遠。最初用於節日、酒會、婚禮、盛會等喜慶的日子。以後，在集體勞動、遠行、讚美、放牧、打柴等各種場合均可唱薩瑪調的歌曲，〈薩瑪．流浪〉歌就是其中之一。〈薩瑪．流浪〉歌的前兩段描寫一個流浪者到過印度，迷戀過「茅草葺蓋的印度房屋」，「捨不得米酒的醇香」，但當流浪到藏區，「立刻聞到了青稞酒的醇香」。由於他一路顛簸，受盡了流離之苦，因而當回到門隅後就愈覺得自己家鄉的可愛。表現了門巴族勞苦人民熱愛故土之情，縱然淪落天崖海角，也要落葉歸根，「再也不做他鄉的遊郎」。

獨龍族社會發展較為緩慢，民族內部階級壓迫不十分突出，但不斷受到漢、藏等族統治階層的壓迫和剝削，生活十分貧困。他們以憤懣之情，唱出了許多反映痛苦生活的歌：

由於階級壓迫和民族壓迫，獨龍人民生活在水深火熱之中，他們希望自由，嚮往幸福。

在深受奴隸制殘酷統治的彝族人民中，流傳著大量的奴隸歌。奴隸們不甘心被奴役的處境，不止一次地掀起反抗奴隸主的抗爭，並且常常將心中的不平和悲憤化為「哭歌」傾瀉出來。

在奴隸社會，婦女被壓在社會最底層，她們的痛苦更是無窮的，因此在西南少數民族中流傳著訴說婦女不幸遭遇的歌。

◇（二）儀式歌

儀式歌是在民間的各種儀式上演唱的歌謠。它表達了人們要求擺脫貧困和災難，渴望得到勝利與幸福生活的願望。進入階級社會後，社會生活複雜化，儀式歌也隨之多樣化，像祈年、求雨、禳災告祖、結婚求子、求福、造房建屋、婚葬等等都有相應的儀式歌。所以儀式歌滲透了宗教觀念。

婚姻儀式歌在藏緬語各族中均有流傳。如珞巴族的〈出嫁歌〉、獨龍族的〈勸嫁歌〉。普米族結婚時有一整套婚歌，包括〈出嫁歌〉、〈開門歌〉、〈宴席歌〉、〈聚會歌〉、〈閉門調〉等十多種。〈開門歌〉是在結婚那天，迎親的人與娘家人對的歌。新娘家將大門緊閉，男方請一些擅長辭令、能歌善唱的人陪伴新郎來迎娶。歌詞內容主要是對新婚的祝賀、讚美。歌唱以盤問的形式進行，直到女方對回答感到滿意時才將門開啟，讓迎親者進門，否則就不開門。開門時要唱〈開門歌〉：「今天是喜慶的日子，綠色的竹葉，蒼翠的青山，都因為喜慶而顯得更美麗、更好看；親戚六眷、全村男女老幼，都因喜慶而笑逐顏開地前來祝賀，大鈴、二鈴、串鈴聲叮叮噹噹地響起來了，外面在幹什麼呢？從青棚裡面望出去，啊，迎親的人翻山越嶺騎馬掛鈴來到了！」迎親的隊伍浩大、熱烈，表示對迎親很重視，這首歌描述了一個人歡馬叫的熱烈場面。對唱的歌詞都很謙遜，互相尊敬，但又要表現自己見多識廣、聰明睿智，使人聽後感到非常愉悅。

〈射箭歌〉是麗江一、二區納西族在祭天時所唱的射箭儀式歌。據一些資料介紹，舉行儀式時，族內長者執弩弓箭鏃，面對祭天壇南端豎著的「敵人」（木板上畫一個人頭）站立，族中男丁，以輩分年齡大小排隊，每人挎一長刀，手握刀把，刀刃出鞘半截，以作殺敵姿態。然後依次傳遞弩弓箭鏃，瞄準「敵人」射箭，一人射三箭，若中靶，人們便「夥哩夥」地歡呼起來，以示讚頌。長者捧著滿碗的酒向射手敬送，表示他是大家學習的模範，同時高聲吟唱〈射箭歌〉。

這個儀式歌就其內容來看，顯然是反映不同部族或民族之間的掠奴之戰，表明納西人民走到了奴隸社會的門檻。

拉祜族的〈叫魂歌〉首先敘述人間的美好生活，以此來招引親人的靈魂歸來。

布朗族舊習，凡生產要選擇吉日，遇重大的勞動要舉行祭祀活動。各家砍地之前，用一對蠟條及一包飯菜獻給村社之神代窪那曼，同時要唱祭祀歌。

◇（三）〈白狼王歌〉

這是一首屬於古代藏緬語族語言的歌謠。「白狼」是古代居住在四川西部氐羌人中的一個部落。

《後漢書，西南夷列傳》記載，東漢明帝水平年間（西元五十八至七十五年），益州刺史梁國朱輔大力宣傳漢朝政策，對附近的少數民族影響很大，當時「白狼王唐菆等慕化歸義，作詩三章」。這首詩由一個叫田恭的官員「譯其辭語」同時保留了漢字記音，十分可貴。

西南地區奴隸制社會時期的民歌，較之西北地區內容廣泛，涉獵社會生活面更廣一些，有孤兒歌、流浪歌、奴隸歌、哭嫁歌、喪葬歌等。由於階級壓迫民族壓迫較之其他地區突出，故悲歌、哭歌占了大量的比例。納西族的奴隸苦歌、獨龍族的苦歌、彝族的哭歌都傾瀉了奴隸和受壓迫者的憤懣之情和辛酸與悽苦。藝術風格以句式自由、音節和諧、率直自然、情真意切見長，兼有西北地區民族民歌的熱情、華南地區民族民歌的含蓄。

華南地區民間歌謠

◇（一）生活歌

華南地區有豐富的民間歌謠，其中生活歌占有突出地位，它表達了奴隸社會被壓迫者的不幸和抗爭。

〈摩兵布洛陀〉是壯族師公的經典，其主要內容是創世史詩《布洛陀》，但在其末尾卻附有反映階級分化初期公社貴族掠奴的情形，生動地描繪了奴隸社會剛剛產生時的情景。

這段詩用具體生動的語言，描繪了壯族早期的貴族互相攻伐，掠奪對方財產和奴隸的情形。為了掠奪白臉的男奴和紅臉的女奴，他們不惜大動干戈，一直打到交趾，先是大敗而歸，於是舉行祭祀儀式，請姆六甲來佑護。從這裡可以看到奴隸主的貪婪和愚昧，奴隸命運的悲慘。這種掠奴之戰一直到隋唐也沒有結束，唐朝皇帝不得不頒布禁令。

在侗族古歌裡，也反映了私有財產產生後發生的糾紛，而奴隸制是「隨著生產力的發展、剩餘產品和私有制的出現而產生的」。史家認為，侗族在唐以前已有家內奴隸制，遷移中把「臘更」（奴隸）制帶到新址。〈侗族祖先哪裡來〉隱約地反映了當時社會生活中的矛盾，從中我們可以看到矛盾的尖銳，以至於侗族祖先不得不含恨遷徙。

◇（二）〈越人歌〉

西元前五二八年，楚王弟鄂君晳初任令尹，舉行了一次舟遊盛會以誌慶賀，特邀請境內的越人派代表前來赴會。盛會開始，鐘鼓之音剛停止，榜木世越人有幸第一個上前敬獻〈越人歌〉。

〈越人歌〉歌詞優美，感情真摯生動，章法深淺有序，是一首古老的讚歌，也是見於古籍的中國第一首翻譯作品。它所表達的不單是榜木世越人對鄂君禮賢下士、禮待庶人的感激之情，同時也是壯侗語民族祖先和漢民族親密關係的一曲頌歌。

〈越人歌〉的藝術成就表明，兩千多年以前，古越族的文學藝術就已經達到了相當高的水準。

奴隸制時期的民間歌謠以歌頌勞動、歌頌英雄事蹟、反抗奴隸主壓迫為其中心內容，它是原始歌謠傳統的繼承和發展，又帶有明顯的社會特色。但奴隸社會生產水準依然低下，對自然的依賴和對神靈的崇拜依然浸透在勞動歌和儀式歌中。生活歌和勞動歌中不乏歡樂和明快的情趣，但悲歌、哭歌占有更大的比例。在格調上，各地區各民族的情況也有不同，都有自己的個性。如傣族的歌謠豔麗優美，感情細膩；白族的歌謠嚴謹洗鍊；藏族的歌謠深沉委婉；侗族的歌謠清新含蓄；維吾爾、哈薩克族的歌謠熱情奔放。總之，它們組成了一幅五彩繽紛的畫卷，豐富了祖國的歌謠寶庫。

民間長詩

北方地區民間長詩

在北方各少數民族文學中，蒙古族的英雄史詩占有重要的地位。它產生，發展、繁榮在東起巴爾虎、布里亞特，西至衛拉特、卡爾梅克的廣大地域。根據地區特點，人們將蒙古史詩分為巴爾虎史詩、扎魯特——科爾沁史詩、衛拉特史詩、布里亞特史詩，喀爾喀史詩多種。根據內容的繁簡，又分為短篇史詩、中篇史詩和長篇史詩，除下面要分析的著名的短篇史詩《勇士谷諾干》和《智勇王子喜熱圖》、著名的長篇史詩《江格爾》和《格斯爾可汗》外，還擁有一個龐大的史詩群。其中包括《英武的阿布拉爾圖汗》、《阿拉格寶力高巴蘇干》、《額爾吉圖魯呼巴蘇干》、《脫歡希拉門汗》、《英雄額吉乃》、《英雄阿斯爾查干海青》等。可以說，蒙古族英雄史詩所包括的地域廣闊，內容梏翰。

蒙古族英雄史詩的產生時期，正是母權制被父權制所代替，人類內部的抗爭——氏族部落間戰爭頻繁，原始社會開始解體，奴隸社會萌芽。史詩中經常出現的是英雄與蟒古思之間的較量，挑起戰爭的目的，主要是為了掠奪他人的妻女、牲畜和奴僕。蒙古族的英雄史詩在產生和流傳的過程中經過了原始公社、奴隸社會和封建社會各個歷史階段，因此，在流傳的過程中，亦有封建社會的印記。所以蒙古英雄史詩的發展，可分為兩個階段：第一階段，從未知期到十三世紀初；第二階段，從十三世紀初到十七世紀初。第一階段為史詩的發生、發展階段，第二階段為史詩的定型階段。蒙古史詩的產生和發展，不僅是蒙古社會歷史程序的反映，而且史詩本身也是隨著社會發展而演變的。

◇（一）英雄史詩《江格爾》

《江格爾》是由數萬詩行組成的大型史詩。它的篇幅宏大，故事繁複，內容豐富多彩。廣泛地反映了這部作品從它最初產生直到被記錄前的各個時代蒙古族的社會生活和人民的思想願望，

《江格爾》最初形成在中國新疆衛拉特蒙古地區的土爾扈特部，該部是十三世紀末遷到阿爾泰、塔城一帶的。這部史詩從土爾扈特部產生，然後流傳到和碩特、厄魯特、

杜爾伯特部和從內蒙古遷居新疆的察哈爾蒙古中。隨著西元一八三〇年代從中國新疆游牧到窩瓦河下游定居的衛拉特部後裔的遷徙，《江格爾》開始流傳到俄國，在布里亞特和土瓦自治共和國、阿爾泰邊緣地區及蒙古人民共和國境內也都有流傳。

目前通行的《江格爾》十三章本，大約是在明代以後以新疆托忒文寫成的。一九七八年到一九八二年，在中國新疆蒙古族地區蒐集到的《江格爾》共四十七部。一九七八年莫斯科出版的《江格爾》共二十五部，蒙古人民共和國蒐集到二十五個片段。目前國內外已蒐集到的《江格爾》共六十餘部，長達二十多萬詩行。

《江格爾》的產生早於十三世紀。其一，從史詩的內容看，它寫了大規模的部落之間的戰爭，歌頌了奴隸社會。其二，史詩第十二章〈美男子明彥活捉昆莫〉裡的昆莫，古籍又作昆彌，是中國西部烏孫王的稱號。烏孫族在漢武帝元狩四年（西元前一一九年）即與中原交往，當時張騫曾出使烏孫，武帝先後兩次把漢宗室女子嫁給烏孫。史詩將烏孫王稱為：「在西方，在日落的地方，有一個強大的可汗，名叫昆莫。」這顯然是從漢武帝開始以年號紀年的名號和以名號代表人名演變而來的。烏孫昆莫曾被江格爾部捉住，可見，史詩中有歷史的影子。在書面文學之前，如果沒有口傳文學的傳播，不可能記下昆莫等遠古人物。所以《江格爾》的產生是較早的。

這部史詩產生在蒙古氏族社會末期至奴隸制初期階段。蒙古族的畜牧業經濟有較大發展。據吏載，蒙古游牧民在十一到十三世紀主要從事畜牧和狩獵，雖然他們既是游牧民又是狩獵民，但其經濟生活的基礎已是畜牧業。經濟的發展促進了私有制的產生，這時以掠奪人畜財物、擴大草原牧場為內容的部落戰爭正在激烈地進行。強大的部落聯盟到處建立，社會上出現了奴隸主和奴隸、諾顏和屬民的日益明顯的階級分化。史詩《江格爾》以誇張的手法描寫了古代的部落戰爭，以幻想的形式生動地反映了這一階段的社會生活。在封建制時期，史詩得到進一步擴展、加工和定型，成為大型的長篇英雄史詩。其時間約在十五到十七世紀。

《江格爾》具有巨大的認知價值。這不僅由於史詩本身具有一種人類童年時代的純真的魅力，更在於它蘊含著一個古老而豪邁的民族的英雄主義和理想主義的樂觀精神。

◇（二）《尼山薩滿傳》

《尼山薩滿傳》是目前發現的唯一一部用滿語創作並流傳的散韻結合氏篇說唱故事。它長期流傳在嫩江、黑龍江一帶的滿族屯，在錫伯、達斡爾、鄂溫克、赫哲等民族中也有流傳。

這部史詩有濃郁的薩滿教文化因子，它顯然在滿族奴隸制產生之前就萌芽了。它的最後形成，當在奴隸制確立之後。詩裡的閻王、國舅，是奴隸主階級的代表。其猙獰的面目，正是奴隸主面目的寫照。對等級觀念和為富不仁的譴責，成為史詩的創作動因。

《尼山薩滿傳》刻劃了一位女英雄、女薩滿的形象。她巫術超群，膽識過人。為了奪回色爾古岱的生命，她大施法術，從陽間來到陰間。在陰間，她仗義執言，戰勝了阻止她行動的蒙兀爾泰。她衝破了三個關口，克服了重重困難，大鬧閻王殿，奪回了死魂靈，使色爾古岱費揚古死而復生。在尼山薩滿身上，表現了堅強勇敢、無所畏懼的性格，這種性格正是滿族先民在艱苦卓絕的環境中所鑄造的民族精神的展現。她是一位被歌頌和崇拜的滿族古代英雄。

綜觀這一時期北方地區的少數民族英雄史詩，給人留下了深刻的印象，不論是《江格爾》、《格斯爾可汗》，還是《尼山薩滿傳》，都具有雄偉的魅力和千軍萬馬的氣勢。它們植根於游牧生活的大地，帶著草原的芳香，呈現出一派北國的風光，蘊含著古老而豪邁的民族英雄氣概，廣泛地反映了東北少數民族的社會生活和人民的願望。這些英雄史詩都具有較為完整的故事情節，並且成功地塑造了典型人物形象，既有想像和誇張的因素，又保持了作品的真實美，富有特殊的藝術魅力。

西北地區民間長詩

西北地區少數民族在奴隸社會時期創作了數量可觀的、有著完整的故事情節的民間敘事詩。在這些民間敘事詩中，有描述歷史事件的，有歌頌英雄事蹟的，有吟詠愛情的，有表達反抗精神的，內容十分豐富。在形式上，有四行一段的，有多行一段的；押韻規則有押頭韻的，有押腳韻的，有同時押頭腳韻的；在風格上有抒情式的、敘事的，形式多樣。其中較為著名的有維吾爾族的《安哥南霍》、柯爾克孜族的《艾爾托什吐克》等。

◇（一）《瑪納斯》

《瑪納斯》是柯爾克孜族一部規模宏大、卷帙浩繁、氣勢磅礴的英雄史詩，它是中國的三大史詩之一，早已列入世界名著之林，名聞遐邇。

早在一百三十年前，國外就刊布、出版了有關《瑪納斯》的資料，吉爾吉斯共和國整理的《瑪納斯》有四大部，敘述了瑪納斯等三代英雄。中國新疆維吾爾自治區柯爾克孜族民間詩人瑪納斯奇尤素普．瑪瑪依演唱了八部，長達二十多萬行。

關於《瑪納斯》產生的年代，在學術界有著不同的看法。如有的專家認為，《瑪納斯》產生在柯爾克孜族的先民鬲昆或堅昆人生活在葉尼塞河流域時期，即西元前一世紀左右。當時堅昆人處於父系氏族公社的晚期，開始出現私有財產和階級萌芽。史詩中關於柯爾克孜族起源的三種不同的神話傳說就是有力的證明。故事說，相傳在遠古時代，葉尼塞河流域有一個汗國，國王叫做汗瑪瑪依。他機智、勇敢、公正，受到居住在葉尼塞河流域的四十個部落人民的衷心愛戴和擁護。人們從四面八方紛紛來歸順汗瑪瑪依，他把歸順的四十個部落的臣民稱為「柯爾克居孜」。國王娶五妻均未生子，最後娶了一個寡婦，生子布多諾。國王辭世之後，布多諾繼承了王位，他又把「柯爾克居孜」改成「柯爾克孜」。布多諾的後裔分別為：布托依、波顏汗、恰顏汗、喀拉汗……奧勞孜杜、加克普杜、瑪納斯。也有的學者認為，《瑪納斯》產生在九至十二世紀。這時的柯爾克孜先民被稱為黠戛斯，以畜牧業為生，居住在葉尼塞河流域。黠戛斯正處於父系氏族公社趨於解體，逐漸向奴隸制過渡時期。還有一種意見認為，史詩產生於十六至十八世紀柯爾克孜剛進入奴隸社會時期。三種說法各有側重點，比較統一的說法，認為史詩當產生於十三至十六世紀的部落聯盟征戰時代，在長期流傳中經過不斷補充、加工而成。

《瑪納斯》涉及的空間廣闊，有阿爾泰山、天山、蒙古高原、哈密、吐魯番、阿勒泰、阿克蘇、塔什干、西藏及國外的葉尼塞河流域、印度、阿富汗等，說明產生地域廣，活動範圍大。

《瑪納斯》是一部具有很高思想性和藝術性的作品。詩中八代英雄是民族精神的化身。他們英勇無畏，浴血奮戰，前僕後繼，叱吒風雲。

《瑪納斯》塑造的近百個人物，或濃筆潑墨，或簡單勾勒，或精雕細刻，均活靈活現。

史詩全是韻文，是一種十分講究的古典格律詩。每行詩多為七個或八個音節。每個詩段均押腳韻，個別部分也有押頭韻和腰韻的。詩文的節奏感很強，吟誦起來朗朗上口，富於音樂美。民間藝人在考木孜琴的伴奏下演唱時，更是悅耳動人。

史詩也是柯爾克孜族人民文學語言的寶庫，詞彙豐富，妙語聯珠，表現力強，達到了內容和形式的統一，給予人特殊的美感。

這部長詩博大紛紜，涉及到歷史、語言、天文、哲學、宗教、民俗、地理、音樂等方面，是一部具有重要認知價值的百科全書。

◇（二）《安哥南霍》

《安哥南霍》是維吾爾族的一部歌詠歷史事件的民間敘事詩。處於游牧奴隸制時代的維吾爾族的先民敕勒部的一支，在一次掠奪奴隸和財產的殘酷戰爭中，被詭計多端的敵人打得慘敗。最後又遭到敵人的合圍，全軍覆滅，只有一個名叫喀揚的年輕人和姪子奴庫孜及其家屬逃了出來。他們跋山涉水，隱蔽在一座大山之中。在這個世外桃園，他們生活了四百年，從十幾人繁衍成一個強大的部落，一位鐵匠被擁戴為可汗。可汗率十萬大軍出山擊敗世敵。

這首長詩採用了抒情與敘事相結合的手法，現實主義與浪漫主義相互交織，描繪了一個引人遐思的世外桃園般的境界，抒發了一個瀕臨滅亡的民族起死回生的過程，有較高的藝術造詣和哲理性。

西南地區民間長詩

民間長詩的繁榮時期是封建社會，但它在奴隸社會時期就已經產生。處在奴隸社會階段的四川涼山彝族地區廣泛流傳的《媽媽的女兒》和《我的么表妹》便是兩篇優秀的民間長詩。

◇（一）英雄史詩《格薩爾王傳》

英雄史詩《格薩爾王傳》，藏族稱《格薩爾吉鐘》，即《格薩爾的故事》。它是一部長期在藏族人民中間廣為流傳、內容豐富、結構宏偉的鉅著。它不僅是中國各民族民間文學藝苑中的一朵奇葩，也是世界史詩的鉅著之一。

《格薩爾王傳》約產生於十一世紀前後（一說產生於十三世紀），它一問世就受到藏族人民喜愛。後由藝人「仲肯」在說唱過程中不斷「即興」增添內容，提煉情節，使故事得到進一步的發展與完善。這些說唱被一些喜愛《格薩爾》的僧徒文人手抄流傳。在此基礎上經過後人的不斷加工、修改、整理、刻版印刷，才成為今天所見到的木刻本。《格薩爾王傳》不僅在國內藏族、蒙古族、土族、納西族、裕固族等民族中流傳，在蒙古人民共和國、不丹、錫金，拉達克等國家和地區亦廣為傳播。

《格薩爾王傳》至今還沒有整理出一套齊全、系統、完整的本子。目前藏文《格薩爾王傳》只有分章本和分部本兩種本子。分章本又有貴德本（因蒐集於青海貴德而得名）和拉達克本（流行於拉達克地區）兩種。分章本以情節來劃分段落，分成若干章，分部本依據事件而分成若干部。分部本是在分章本的基礎上發展而成的，在內容、情節等方面有所擴充，約有一百多部，迄今發現的藏文版本，已有五十多部。蒙古文字有北京十三章本和《嶺格薩爾》兩卷本，均屬分章本。

《格薩爾王傳》全書以主角格薩爾為中心編織故事情節。格薩爾原名頓珠尕爾保，是天上白梵天王三個兒子中最小的一個。當時人間妖魔肆虐，觀世音菩薩與白梵天王商派頓珠尕爾保降生人間，作黑頭藏民的君長，掃除暴虐，救民於水火。頓珠尕爾保降生到人間，父親叫僧唐饒傑，母親叫尕擦拉毛。父親原是一個部落的小首領，因聽信叔父超同的饞言，將身懷有孕的妻子驅逐到荒無人煙的地方去。頓珠尕爾保一出世就受到陰險狡詐的叔叔超同的迫害。他一直和母親相依為命，過著清貧的生活。十五歲時，與賢慧美麗的女子珠牡相愛。後賽馬奪得第一，成了嶺國國王，被稱為格薩爾王，娶珠牡為妃。此後，他藉助神力，南征北戰，先後戰勝了魔國、霍爾、姜國、門國、大食國等十餘國。《格薩爾王傳》透過對格薩爾所進行的大大小小戰爭的描繪，歌頌了他為民除害，統一國家的偉大功績。

《格薩爾王傳》是一部卷帙浩繁的偉大史詩，既從縱的方面頌揚了格薩爾一生英雄的事蹟；又從橫向敘述了嶺國與周圍數千里內大小近百個部落、邦國之間的相互關係。就內容而言，既涉及到政治、經濟、軍事等方面，又有哲學、宗教、倫理道德等問題的描寫，故有藏族古代社會生活百科全書之稱。它透過藏族奴隸制社會和封建農奴制社會時期錯綜複雜的歷史畫面，展現了藏族人民的美好願望和審美理想，代表了當時的一種進步思潮。但它又是一部長期在藏族社會廣泛流傳而未經系統整理的民間文學鉅著，在長期傳播過程中，各個階級、各個階層、各種職業的人都按照各自的願望把自己的意識增加進去，其中不可避免地存有統治階層的思想及宗教迷信色彩。因此，我們在研究其思想內容時必須按照辯證唯物主義和歷史唯物主義的原則具體分析，分清精華和糟粕。然而，就整體而言，人民的思想意識是主流，史詩整體思想傾向是積極健康的，有一條貫串始終的主線——懲罰邪惡，為民除害。

史詩產生的時期，藏族社會正處於四分五裂的割據局面。各部落、邦國的統治者為了掠奪更多的財富和奴隸，擴大自己的領地，互相攻伐，連年征戰。戰爭破壞了社會安定，阻礙了經濟的發展，使藏族社會長期陷於落後貧窮之中。戰爭中的受害者是普通的老百姓，戰爭教育了人民，人民從現實生活中認識到戰爭的根源是各邦國統治者的分裂割據，而分裂割據是現實生活中最大的邪惡。要平息戰爭，就必須消滅分裂割據，使社會歸於統一。由誰來完成這個歷史大業呢？在當時的人們看來，那就必須有一個受人民擁戴的，代表人民和部落利益，具有大智大勇的英雄率領人民來共同完成。史詩中所創造的格薩爾這一英雄形象，就是藏族人民美好願望的展現。

《格薩爾王傳》從為民除害，消除分裂割據這一主旨出發，具體描寫了幾十次大小不同的戰爭。這些戰爭情況雖然各異，但就其性質而言，大致可分為兩類。一類是別國侵略嶺國，搶奪財物，擄掠黎民百姓而挑起的，如《霍嶺大戰》、《嶺與姜國》、《卡契玉國》、《朱古兵器國》、《嶺與門域》、《索布馬國》等所描寫的戰爭，均屬此類。另一類則是因這樣那樣的原因由嶺國向對方發動進攻而造成的，如《大食牛國》、《向雄珍珠國》、《貢日水晶國》等所描寫的戰爭就是如此。不管哪類戰爭，結局都是從格薩爾徹底征服對方並使之歸於嶺國統治之下而告終。很顯然，這樣的描寫是為了突出格薩爾消除分裂割據完成統一大業的功績。在前一類戰爭的描寫中，著重表現嶺國反侵略保家鄉的正義性。如在《卡契玉國》裡格薩爾說：「絕不侵略無罪人，這是格薩爾的法律。」格薩爾對入侵者主張堅決抵抗。如他將要北去降魔時對臣民們說：「不要揮兵去犯人，但若敵人來進犯，奮勇抵抗莫後退！」史詩以極大的篇幅，熱烈的讚詞，將嶺國臣民熱愛國家、捍衛國家、英勇不屈的優秀品格和高尚情操表現得淋漓盡致。在這裡，格薩爾消除分裂割據統一藏族社會的事蹟與反侵略的壯舉得到了系統的統一。在後一類戰爭的描寫中，嶺國與別國的戰爭多是因超同的不端行為引起的，格薩爾只是在戰爭爆發後，奉天神之命，討伐有罪之人，降妖伏魔，完成統一大業，使人民安居樂業。

《格薩爾王傳》雖然還有一些消極的東西，但在史詩中只占次要地位，無法掩蓋其光輝的成就。

◇（二）《逃婚調》

這首長詩廣泛流傳在雲南西部的貢山、福貢、碧江、中甸、雲龍等傈傈族地區，全詩長一千兩百多行。它描寫了舊時代一對青年的戀愛故事。這對青年真誠地相愛著，可是各自的父母都強迫他們和不相愛的人結了婚，婚後生活都很痛苦。詩中的女主角阿瑪娜結婚後，在丈夫家裡「成天拿啼哭當茶飯」，「整日用眼淚當口糧」。他們在一個「藉著到別人家做客，藉著到別人家喝酒」的難得機會見面了，相互傾訴心曲，海誓山盟，相約逃到遙遠的地方去。他們跨過怒江，越過高黎貢山，再往南走，輾轉奔波，無法安居，歷盡千辛萬苦，終於在大理找到一個好地方，種了糧食，蓋了房屋，生兒育女，生活富裕起來。這時，想起了父母，便置辦禮物，返回故鄉，與父母親人團聚。

從前，「逃婚」在傈僳族中比較普遍。男女對婚姻不滿，要退婚、離婚十分艱難，要想跟心愛的人一同生活，只有逃這一條路，這就是逃婚調產生的歷史背景。長詩深刻反映了不合理的包辦婚姻制度給青年男女帶來的痛苦，歌頌了青年人對愛情的執著追求，同時讚美了勤勞、樂觀的生活態度。

◇（三）《重逢調》

這首傈僳族長詩敘述一對相愛甚深的青年的戀愛悲劇。男方因拿不出幾頭牛的聘禮，不得不背井離鄉，到處去做苦工。他幻想著未來的幸福，懷著賺夠聘禮錢的願望，四處奔走找活路：「走山路腳下磨起七十七層厚繭，跨江河溜過九十九條溜繩。」有一次，他餓倒在路旁，被人用牛皮繩拴起來，背上燙了記號，腳上釘了木枷，賣給奴隸主做奴隸。從此，他在奴隸主家裡像牲畜一樣工作，過著牛馬不如的生活：「水牛赤著灰身體，我也赤著灰色的脊背；水牛吃的蕎麥葉，我吃的是蕎麥皮；水牛鼻子比我的多一條鎖鏈，我比水牛腰上多一塊麻片。」他從奴隸主家逃跑幾次，都被抓回去。最後在夥伴們的幫助下，用斧砍斷了三層木籠，才逃出虎口。他忍受了十年的熬煎，用血汗換來了聘禮錢，滿懷希望地回到了家鄉。可是，他心愛的女孩已在父母的逼迫下嫁給了別人，他的希望破滅了。

長詩中女主角的遭遇十分悲慘。她日夜盼望愛人回來，但父母把她賣給一個不相識、更不相愛的男人，整日捱打受氣，「白天餓著肚子淌汗水，夜晚忍著寒冷流眼淚」。與《逃婚調》一樣，這首長詩真實深刻地揭露了舊時代傈僳族婚姻生活的不幸。長詩情節曲折，格調深沉，在構思上多用懸念的手法，引人入勝，將悲劇鋪陳得入情入理。詩中大量的對比手法，對於刻劃人物和表現主題有重要的作用。

西南少數民族敘事詩多彩多姿，是中國文學園地中的一朵奇葩，引人注目；是崇山峻嶺中傳出的高亢的歌聲，給予人力量和希望。它們具有敘事通達流暢和抒情淋漓盡致的特點，並且使敘事、抒情、描寫巧妙結合起來，成功地刻劃了富有民族特徵的藝術形象。

這些敘事詩扎根於少數民族人民的土壤之中，洋溢著西南高原泥土的芳香。

華南地區民間長詩

◇（一）《十二層天・十二層海》

這部布依族長詩用獨特的手法描繪了奴隸制時代的生活情景。它把天分成十二層，層層有所不同。第二層天「東一朵是天上的棉桃，西一朵是天上的棉花」。到了第三層天，「鴨子擠成堆」，「天鵝攏成群」，第五層天糧進家，穀滿倉。這分明是高原山村的繁榮景象。邑聚連綿，在奴隸主住宅的周圍，形成繁華的集市。

這天上的街景，不過是人間圩市的縮影。

十二層海也熱鬧非凡，這裡雖然是魚蝦龍王的世界，然而有院門、有龍宮、有琴聲，那龍女「拿花被來晒，拿花綢來晾」。龍王女兒繡的朵朵花呀，像春天的花色一樣美。龍王女兒繡的朵朵花呀，像春天的花色一樣多」。這些描繪，反映了人們與大自然抗爭取得的新勝利。

但是，長詩並非只描寫社會經濟繁榮的一面，同時也表現了階級的矛盾。

這部長詩所描寫的境界，給人們透露了夜郎國時代奴隸土、貴族城邦的繁榮和森嚴，有一定的認知價值。

◇（二）《天府侗遷徙歌》

這首長詩描寫了唐代侗族祖先艱難的遷徙歷程，格調悲愴而豪壯。

這首長詩用記敘的手法，反映了侗家先人艱苦的遷徙過程。歌頌了先人為尋找落腳之地歷盡艱辛，頑強不屈的精神，宏揚了祖先艱苦創業的優秀品格，是一曲創業之歌。歌中所反映的社會矛盾和民族矛盾，與私有財產有密切的關係，使我們看到了嶺西當時的社會現實。

總之，在這一時期，華南地區的英雄史詩和遷徙歌，以反映社會生活和社會抗爭為主要內容。即使反映人與自然力抗爭的地方，也是用來影射社會關係的，其主題思想是表現人們對暴力的仇恨和被迫遷徙的痛苦。詩中雖有浪漫的想像，但對現實的描寫已經占主導地位。故事發生的背景極為廣闊，主要是敘述關係民族生存與發展的重大事件，塑造對本民族做過重大貢獻的英雄人物。長詩的情節有急有緩，有輕有重，起伏多變，刻劃人物較為細緻。

奴隸社會的民間長詩，各地區各民族在題材和風格上已開始現出多彩的風姿。江格爾、托什吐克、莫一大王的蓋世偉業和英雄性格，尼山薩滿的超人才能和見義勇為的膽識，王子喜熱圖克服困難、勇鬥邪惡勢力的大無畏氣魄，以及《安哥南霍》、《天府侗遷徙歌》中的創業精神和《十二層天．十二層海》中所描寫的社會景象，都顯示了長詩創作上有了新的開拓，帶有奴隸制上升時期的矛盾和朝氣。另一方面，《我的么表妹》和《媽媽的女兒》則瀰漫著一種悲愴的哀怨情調，前者似乎是對一個失去的自由時代的輓歌，後者及《重逢調》轉為對奴隸社會婚姻制度的控訴，而《逃婚調》更表現出對這種婚姻制度進行的反抗。壓制和反抗、失望和追求交織在一起。這些民間長詩以多視角展現了奴隸社會的社會矛盾，並表現出多蟒的風格，從內容到形式為這種文學體裁後來的繁榮奠定了基礎。

民間傳說

北方地區民間傳說

奴隸社會時期，北方地區發生過許多重大歷史事件及社會變革，使人們產生把這些事件人物記錄下來的願望。當然傳說不是歷史，它是根據一定的事實加工過的藝術品。東北地區山川遼闊，東西橫亙的大興安嶺、著名的陰山、美麗的呼倫貝爾草原、大大小小的湖泊，都激發人們的想像。這是產生傳說的沃土。

◇（一）人物和史事傳說

赫哲族《烏定克和胡莎德都的傳說》透露出階級萌芽時公社貴族與其成員之間的矛盾及部落之間的衝突。主角烏定克是位了不起的英雄。他與胡莎德都相愛，但後來被酋長拆散了。烏定克抗拒酋長之命，違反族規，被定為墜石之罪。這時敵兵壓境，酋長不允許烏定克率兵出戰，胡莎德都挺身而出，表示願意替烏定克墜江，這時，酋長才同意烏定克出征。他帶領青年漁獵手英勇殺敵，不幸被叛徒射死。胡莎德都非常氣憤，嚴懲了叛徒。在遭到敵人伏擊時，抱著烏定克的兒女投入大江。英雄的兒女化做了一對美麗的天鵝。這篇以悲劇告終的作品表現了赫哲族氏族社會瓦解時部落之間的爭奪及崇敬英雄的觀念。

滿族是女真的後裔。女真人在十二世紀建立的金王朝，是這個民族興起的象徵，現保留很多金太祖阿骨打的傳說。

女真族在建立金國之前，於七世紀建立了渤海國。今黑龍江安縣渤海鎮，是渤海國上京龍泉府的舊址。渤海滅於契丹，至今還流傳著許多渤海人抗擊契丹的傳說。其中最有代表性的是《紅羅女》的傳說，大意是：渤海郡王的獨生女兒紅羅女公主奉聖母之命抗擊契丹，在戰爭失利時，被敖東城白袍小將所救，兩人產生了愛情。宰相大英騆也想娶紅羅公主，並向郡王進讒。郡王將紅羅公主許配大英騆，令白袍小將戴罪去打契丹，白袍小將被大英騆毒死，公主得知此情，在嫁給大英騆的婚禮上手刃仇人，然後自盡殉情。郡王得知大英騆與契丹勾結，急忙趕往公主軍營，可是悲劇已經發生。他含悲將愛女斂入紅棺，弔在鏡泊湖畔山洞中，霎時湧出飛瀑，這便是當地八大景之一的弔水樓子的來歷。這個傳說巧妙地將歷史、愛情、王室紛爭和瀑布景觀揉在一起，成為一個比弔水樓子這一自然景觀更加美麗動人的藝術圖畫。

◇（二）風物傳說

風物傳說又稱「地方傳說」，屬民間傳說的一類。一般包括山川名勝古蹟傳說、花鳥魚蟲傳說、風俗習慣或鄉土特產的由來和命名的傳說。風物傳說有解釋性、歷史性、神奇性的特點。解釋性即不但告訴人們某處有何景物，還要解釋其來歷。歷史性即在解釋某一風物時，往往與一定的歷史人物、事件連繫在一起。神奇性即風物傳說往往貫以神話的情節，幻想豐富，誇張大膽，具有濃烈的傳奇色彩。

中國北方各少數民族居住的地方地域富庶、山川秀美，人民以豐富的想像解釋這些山川風物的特徵或附會上某些歷史人物、歷史事件，表現了人民愛國、愛家鄉的情感。

朝鮮族流傳久遠的《三胎星》傳說大意是：有個山村老媽媽，遺腹生了三胞胎。有一年夏天，天上的太陽消失了。母親讓三兄弟去尋找太陽。在年長智者的幫助下，他們得知是黑龍潭上的兩條黑龍飛上天空，雌龍吞下了太陽。母親對他們說：「你們就是死，也要救出太陽，沒有太陽，世上的一切都無法活下去。」三兄弟飛上天與兩黑龍搏鬥，雌龍負重傷，吐出太陽後死去了，雄龍負傷後落入黑龍潭中。母親擔心留下的一條黑龍還會吞食太陽，就讓三兄弟飛上天空保衛太陽。人們就把這三顆明亮的星星叫三胎星。這則傳說充分顯示了人類對自然界的依賴感的削弱和對自然災害頑強抗爭的精神，表現了人們對太陽與人類密切關係的樸素認知。

鄂倫春族世居美麗的大小興安嶺，這裡的每一山嶺、每一溝壑幾乎都有美麗的傳說。《興安嶺和甘河》的傳說講：住在興安嶺和甘河的鄂倫春人民過著幸福的生活。誰知惡魔要驅逐人們，放火焚燒興安嶺。眾獵人得知，非常氣憤，齊聲喝斥魔王，喊聲如雷鳴，腳踩得山川搖動，嚇得魔王葬身於火海之中，但是興安嶺卻失去了原來的富饒美麗。人們四處流浪，尋找幸福。當東方出現太陽的時候，興安嶺恢復了原來的面貌。《嘎仙洞和窟窿山的傳說》講：長著九個腦袋的滿蓋霸占了嘎仙洞，鄂倫春的英雄毛格鐵汗發誓要征服滿蓋。他問滿蓋山嶺上有多少筆直的山峰？甸子上有多少彎曲的河流？滿蓋回答有九百座山峰，四百五十條河流。可是實際上只有一百座山峰，五十條河流。因為滿蓋長著九個腦袋，才把一個東西錯看成九個。爾後又比箭法，滿蓋又沒射中，他有九雙眼睛，所以看不清東西。英雄毛格鐵汗把山頂上的石頭射穿了一個窟窿。魔王只好讓出了嘎仙洞，毛格鐵汗做了首領。滿蓋是一種想像中的半人半獸的惡魔，有時被視為邪惡與侵略的象徵。在這裡，鄂倫春族人民用擬人化的手法，將惡劣的自然力量和社會現象集於一身，塑造了這一形象，以表達人們的是非觀和願望。可貴的是，人們透過問答和比箭等具體情節，寓意人定勝天、善能勝惡的思想。

滿族有《白馬－穆稜河》的傳說。穆稜河，金史稱「暮稜水」，是黑龍江省原女真人住地的一條著名大河。傳說有一古老的部落在這裡養馬放鹿，頭人的獨生女兒山雀與一個叫白馬的青年相愛。白馬是個抵禦外來入侵者的英雄，他的乳名叫「黃豆瓣兒」。頭人不知這對情人的心願，要給山雀另行婚配。有一次，另一部落入侵，白馬受傷被擒，在極度憂傷與悲憤中，他變作一匹良馬，被帶到西郊草原布特哈地方。山雀思念情人，也變作一隻小鳥兒，呼喚著白馬的乳名，專在馬群上空啼轉。後來把白馬部落裡流過的那條河，就叫白馬河了。白馬，滿語為「穆稜」，就是如今的穆稜河。這則傳說把河流的命名與一個動人的愛情故事連繫在一起，歌頌了白馬與山雀之間忠貞不渝的愛情。

北方地區的人物史事傳說與其史詩一脈相承，多數描寫了部落之間的衝突、對祖先創業的追憶及對英雄的尊崇。由於地理環境、經濟條件的影響，還產生了許多展現該區域民族性格、氣質、精神的風物傳說。這些傳說既有鮮明的民族特色，又具有鮮明的地域特色。

西北地區民間傳說

民間傳說是西北各民族奴隸社會時期口頭文學的重要組成部分，內容豐富，形式多樣。主要有如下幾類：

◇（一）人物和史事傳說

人物傳說主要表現英雄人物的神奇的出身、不平凡的經歷、為民除害的事蹟等，主要篇章有維吾爾族的《射摩的傳說》、《神樹母親》、《輕．鐵木爾英雄》、《英雄艾里．庫爾班》，哈薩克族的《狼姑娘》、《江尼德巴圖爾》、《英雄法利達西》、《葉額賽蓋》，柯爾克孜族的《英雄交奧達爾》，烏孜別克族的《妥瑪麗斯》，塔吉克族的《秦公主的傳說》、《帕爾哈德渠的傳說》，撒拉族的《格塞日和阿依阿娜》等。

《射摩的傳說》是維吾爾族先民突厥人中流傳的作品，最早見於唐朝太常少卿段成式撰寫的《酉陽雜俎》卷四〈境異〉中。

這則傳說描繪了處於奴隸社會時期的維吾爾族先民突厥人神祕的愛情生活和威武雄壯的狩獵場面，敘述了突厥人「以人祭纛」的古老儀式的產生淵源。語言簡練，筆墨傳神；有描寫，有敘述，有對話，藝術手法多樣；形象動人，個性突出，情節曲折，扣人心絃。

《妥瑪麗斯》深刻地表現了為和平安寧而與侵略者英勇戰鬥，直至取得勝利的愛國主義主題。傳說語言形象生動，故事情節引人入勝，成功地塑造了主角女英雄妥瑪麗斯的鮮明形象，關於妥瑪麗斯其人，在古希臘史學家希羅多德所著的《歷史》一書中曾有簡要的記載。這說明她在烏孜別克歷史上是一個真實的人物，她是馬薩吉特部落的女王。馬薩吉特人忘不了她的豐功偉業，她的故事在人民中代代傳誦。

《秦公主的傳說》是塔吉克族的人物傳說。

《秦公主的傳說》反映了塔吉克祖先與中原的密切關係，說明中原人民和色勒庫爾的塔吉克人民很早就有著頻繁的往來。中原人民帶來了先進的農業和手工業技術，與塔吉克人民肩並肩地開發了帕米爾高原；也和塔吉克族人民一道用鮮血和生命抵禦了外敵的侵犯，保衛了國家的邊陲。

西北各族還有不少族源傳說，這些傳說源於氏族社會而形成於奴隸社會，世代相傳，日臻完整。

◇（二）習俗傳說

習俗傳說是民間傳說的一類，它主要解釋各地各民族風俗習慣、節日活動等的形成和來歷。這類傳說與人民生活有密切連繫，展現了人民的理想和願望。

西北各族生活在特殊的環境中，有著與中國其他地區不同的經濟生活，加上與邊境外各國的密切交往，形成了豐富多彩的生活習俗，並由此而產生了許多相應的習俗傳說。

《維吾爾族姑娘梳小辮和葡萄的由來》是一則流傳很廣的傳說。

傳說透過天鵝姑娘和二王子的愛情故事，表達了維吾爾先民祈望沙漠變綠洲的美好願望，其主題思想遠遠超過了解釋維吾爾族姑娘梳小辮習俗和葡萄來歷的本意。故事曲折生動，人物形象鮮明，富於藝術感染力。

西北地區的民間傳說與其他地區相比既有相似之處，也有地區民族特色，這就是特有的民俗傳承貫串其間。在突厥諸族繁衍生息的地方，傳說中還保留著「以人祭纛」的古老儀式，如維吾爾族《射摩的傳說》就記錄了「以人祭纛」這一古老儀式的起源。其次，在新疆地區還有崇拜太陽神的遺俗。而《狼姑娘》、《狼洞的傳說》是早期哈薩克族圖騰崇拜的遺俗。狼是哈薩克族遠古先民曾經信奉過的一種圖騰，與族源神話有密切的關係。這些傳說語言簡練、古樸自然、筆墨傳神，頗具魅力。

西南地區民間傳說

◇（一）人物和史事傳說

西南地區有豐富的人物傳說，不少傳說至今還在民間流傳。藏族松贊干布迎娶文成公主的傳說，不僅在藏區廣為流傳，而且在《新唐書》及一些藏文史書中也有記載。

「漢藏聯婚」在歷史上確有其事。文成公主入藏在西元六四一年（貞觀十五年）。西元六二七年（貞觀元年），唐太宗李世民即位。由於採取了休養生息、發展生產的政策，故經濟、文化都有了較高的發展。此事引起了吐蕃王松贊干布的極大關注。為了增進漢藏之間的密切關係，引進中原的先進技術，學習中原文化，以發展吐蕃的經濟、文化事業，松贊干布幾次派使者向唐朝請婚。藏族人民就是依據這個歷史事實，在傳說中傾注了真摯的感情，創作出這則優美的傳說。

傳說不僅在民間流傳，後來還搬上藏戲舞臺，有的情節畫成壁畫。史學家還將某些情節引進歷史著作。傳說中說：「文成公主到西藏來了。她從內地帶來了青稞、豌豆、油菜籽、小麥和蕎麥五樣糧食的種子，帶來了白的、黑的、紅的、藍的和綠的五種顏色的羊，還有許多內地的鐵匠、木匠、石匠也跟著文成公主一起進藏來了。」傳說不是歷史，但它具有藝術的真實性，展現了時代的要求，傳達了人民的心聲。這則傳說情節生動感人，波瀾起伏，懸念迭生，扣人心絃，在「難」與「解」之中烘托了聰明智慧的藏族使臣噶．東贊，這一人物是藏族人民著意塑造的理想中的智者。

白族《火燒松明樓》的傳說是一篇南詔時代白族歷史人物傳說。它取材於歷史，但不是歷史事件的簡單再現。故事極力歌頌柏潔夫人的反抗精神和對愛情的忠貞。為了表現這一主題，故事對歷史事實大膽地加以改造和加工，沒有受歷史事實的限制。皮羅閣統一「六詔」是經過多年戰爭，逐個消滅五詔的，絕不像故事裡描寫的那樣，靠火燒一座松明樓完成的。

《火燒松明樓》的傳說是在不同時期逐漸演變發展起來的。早期的內容無文字記載，元朝開始見請於文字。元人張道宗著《記古滇說》中有這個故事的簡單情節。到了明朝，在《南詔野史》裡，記錄得比較完整。

民間傳說的《火燒松明樓》，除了個別細節和結尾外，和《南沼野史》記載的基本一致。關於柏潔夫人之死，民間有兩種說法，有的說投井而死，有的說投洱海而死。後一種說法較為普遍，其結尾說，火燒松明樓後，柏潔夫人起兵反抗，但勢單力弱，城破被俘。皮邏閣見她美麗聰慧，強行和她成親，柏潔夫人假意答應，但要給丈夫守孝一百天。夏曆七月二十三那天，她在洱海邊祭奠完畢，便縱身投入洱海。後來，每年的這一天，洱海沿岸的各村寨，都要扎起花船下海，象徵打撈柏潔夫人。

《段赤城的傳說》是白族的另一篇著名人物傳說。主角段赤城是一位殺蟒英雄。相傳，唐憲宗元和十五年（西元八二〇年），洱海裡出現一條大蟒蛇，吞食人畜，興波作浪。有一個智勇雙全的白族青年段赤城，決心為民除害。他身縛鋼刀，手持雙刀，躍入洱海，鑽進蟒腹刺死蟒蛇，自己也死於蟒腹。白族人民深受感動，把他的屍體埋葬在馬耳峰下，並毀蟒骨為灰，建成一座寶塔，名叫「蛇骨塔」，至今仍矗立在羊皮村外。段赤城被羊皮村奉為「本主」。

關於段赤誠的書面記載，最早見於《白古通記》、《南詔野史》、《滇雲歷年傳》及《白古通記淺述》等古籍中。萬曆《雲南通志》又寫入《地理志》及《人物誌》。這個傳說歌頌了為民除害的英雄，讚揚犧牲精神，情節生動感人。

《孟獲的傳說》是彝族的人物傳說。

傳說孟獲的彝名叫井篤阿熬，歷史上確有其人。據《三國志．蜀志》記載：諸葛亮在進軍雲南平定南中時，採取了「攻心為上，攻城為下」的策略，第一次捉到孟獲後，諸葛亮曾經「使（孟獲）觀於陣營之間，問曰：『此軍如何？』獲對曰：『向不知虛實，故敗。今蒙賜觀看陣營，若只如此，即定百勝耳。』亮笑，縱使更戰，七縱七擒，而亮欲遣獲，獲止不去，曰：『公，天成也，南人不復反矣。』」和這段史實記載相比，可以發現彝族民間的孟獲傳說是彝族人民理想化了的人物。

◇（二）習俗傳說

西南地區的習俗傳說很多，且有特色，比較著名的有《火把節》、《米色扎》、《繞三靈》等。

《火把節》的傳說在雲南各民族中廣為流傳，並且浸染了各民族不同的色彩。關於火把節，史志有比較細緻的記載。《蜀中名勝記》卷十五引《夷裔考》說：「人，其俗每歲六月二十四日為火把節，競舉火把盈野……。」明人李元陽《雲南通志》說：「六月二十五日，束松明為火炬，照田苗，以火色占農。」《五堂雜俎．星迴節考》卷二載：「節之日是夕，在所人戶，同時燃樹，入室遍照幽隱，口中喃喃作逐疫送窮語，而農人持火照田以祈年，樵牧漁業，各照所適，求利益於光明中。」由此可知，「火把節」最初是祈年的。到南詔時這個節日增添了新的內容，從反映人們與自然的抗爭，轉向反映社會抗爭。《記古滇說》載：「南詔國相國張建成始服五詔。」又說：「魁羅黨（即皮羅閣）遣部將平五詔，聲威大振。」其下又記閣甸鳳築城之事說：「鄧川東十里，睒詔之妻名慈善者，固夫召被殺，慈善築城負固，神武王（即閣羅風）欲妻之，慈善堅執不從，誓曰：『一女不更二夫！』乃據城以自守，王領兵攻之，不克。慈善卒，王嘉其節，賜號德源城，亦修理之。」從此，人們為紀念慈善夫人，每年要過火把節。

民間流傳的火把節傳說，各民族不盡相同。

白族的《火把節》講，古時有個叫薄邦的人，他因救民心切，忘了觀音「先撒五穀，後撒樹種」的叮囑，邊走邊把五穀與樹種一齊撒完。結果他走過的路被層層密林阻擋，無法返回。以後的每年六月二十五這天，人們便點著火把去找這位造福的人。火把節即由此而來。

納西族《火把節的由來》說，有一個名叫子勞阿普的天神，一天在銀河邊遊玩，忽然聽到民間歌舞之聲。他往下一看，見人間生活非常美好，十分惱怒，便差一個天將到人間去焚燒大地。這位天將到了人間，看到人們勤勞善良，不忍將大地毀滅。他叫納西人家家準備火把，到六月二十五日一齊點燃。這一天子勞阿普到銀河邊檢視，果然滿山遍野都是火，以為大地已被毀。納西族避免了一場災難，從此，每年六月二十五日就成為納西族的火把節。

彝族的《火把節》講的是：天上的大力士斯熱阿比要和地上的大力士阿提拉八比武，結果天上的大力士被打敗摔死了。天神大怒，便派大批蝗蟲來吃地上的農作物。地上的大力士領著大家砍了許多松樹枝，在六月二十四日晚點燃火把，把蝗蟲通通燒死，保住了農作物。

在彝語支各民族中均保留著過火把節的習俗，到了農曆六月二十四日各家各戶殺雞、宰羊、煮坨坨肉祭祖先。人們聚在山上玩火把、鬥牛、摔跤、男女對唱，一直到六月二十九日，才將火把送出去。

另外，哈尼族的《米色扎》和白族的《繞三靈》的傳說也很生動，反映了兩個民族的倫理道德觀。

《米色扎》是哈尼族最普遍最隆重的節日，又稱「十月節」。這個節日是從每年農曆十月第一個屬龍日開始，節期三至五天不等。到時，哈尼人家家戶戶殺豬殺雞、舂糯米粑粑、釀造噴香的米酒，男女老少穿上節日盛裝，走村串寨，求婚訂親。

白族的《繞三靈》是紀念英雄的節日傳說。

傳統的「繞三靈」於每年農曆四月下旬舉行，歷時三四天，從二十三四日開始。到時，人們穿著盛裝，彈著樂器，沿著蒼山腳，邊唱邊舞邊走，繞過佛都「崇聖寺」，二十五日到達喜州「神都」聖源寺，次日人們沿著洱海前進，路過靈帝本主廟，最後到達保靖帝和公主的本主廟。祭祀後，「繞三靈」的隊伍各自返去。

「繞三靈」起源於原始氏族的「社」，是朝社的一種原始宗教活動。到了南詔時期它增加了新的內容。傳說南詔國時期，大將軍段宗施行仁政，率兵抗擊獅子國的侵略，受到百姓愛戴。段宗死後，人們把他尊為本主中的「神中之神」，在大理城（今喜州）給他修本主廟宇，叫做「神都」。人們為了懷念他，手中拿著杵喪棒和一枝柳樹枝，樹枝上掛一塊白布和淨水碗，從各個村落來到聖源寺朝拜，表示對段宗的敬仰，從此，這種活動就形成了白族的一種獨特節日風俗。

西南地區傳說以風物傳說見長，這些傳說都是最優美而又易接受的鄉土教材。白族的《望夫雲》把人間愛情悲劇和自然風光巧妙地結為一體；彝族的《石林》以幻想的手法解釋了石林的來歷；傈僳族的《怒江的來歷》、納西族的《金沙江姑娘和玉龍山十二兄弟》等傳說運用了擬人化的手法把江河的性格與人的性格相連繫，使傳說帶上了許多傳奇色彩。總之，西南地區的青山秀水、皓月白雲，多被這裡智慧的各民族依物取形，隨類賦彩，造就了一篇篇優美的傳說，透過它抒發該地各族人民愛鄉戀土之情。

華南地區民間傳說

◇（一）人物和史事傳說

華南地區的人物和史事傳說中著名的有壯族的《班氏女的故事》和《神弓寶劍》、黎族的《李德裕的傳說》、布依族的《竹王傳說》等。

《班氏女的故事》這個傳說譴責了漢王朝對起義人民的鎮壓，揭露了馬援掠奪的罪行；歌頌了班氏女不屈的反抗精神和壯族人民愛憎分明、勇於向封建統治階層挑戰的英雄氣概。這個傳說有神話的浪漫主義手法，在情節的安排上，運用對比的藝術手法來表現人們對班氏女的敬仰和對封建朝廷鷹犬的憎恨，含意深刻。

《李德裕的傳說》是黎族人民追念李德裕的故事當中的一個。

這個傳說透過記述李德裕和黎族人民的親密關係，歌頌了黎漢人民的友情。李德裕因受異黨排擠，貶崖州司戶。他是否定居南迦納村，史無記載。但這個傳說表明了黎族人民對他的同情和對朋黨抗爭的譴責。傳說的誇張手法運用得很成功，給予人較深的印象。

《神弓寶劍》是壯族有名的史事傳說，內容講的是漢初南越國、西甌國和駱越國互相友好的故事：

這個傳說透過一對生死戀人的悲劇，反映了嶺南地區民族之間和邦國之間友好相處與和平安寧的史實。越佗於漢代初年建立地方政權南越國，立國九十三年。他實行「和輯百越」政策。與越人友好相處，尊重越人風俗，提倡漢越通婚，不僅促進了民族間的團結，也使「粵人相攻擊之俗益止」。有利於社會安定和發展生產。據史籍記載，當時南越國「其西甌駱裸國亦稱王」。又說「其西有西甌，其眾半羸，南面稱王」。說明《神弓寶劍》正是以南越國與甌駱人之間的友好關係為背景的。傳說情節跌宕起伏，扣人心絃，

廣泛流傳在布依、壯等民族中的竹王的傳說，從側面反映了漢武帝時唐蒙置牁郡的史實。

據《華陽國志》卷四〈南中志〉載：「武帝轉拜唐蒙為都尉，開牁，以重幣喻告諸種侯王，侯王服從，因斬竹王，置牁郡，以吳霸為太守。」竹王故事長期流傳在布依、壯等民族當中，反映了漢王朝對夜郎地區用兵的過程和這一帶人民的不滿和反抗。

這個傳說有明顯的圖騰神話的痕跡，在藝術手法上，把歷史與傳說巧妙地融合在一起，現實主義和浪漫主義水乳交融，引人入勝，長傳不衰。

◇（二）習俗傳說

華南地區各民族中有不少習俗傳說，如傣族的《堆沙節和潑水節》、布依族的《花米飯》、毛南族的《坡団》、侗族的《風雨橋的傳說》等，都是比較著名的篇章。

奴隸制時期壯侗語族各族傳說都很生動。這些傳說在內容上有鮮明的民族特色和地

方特色，反映了這些民族居住的山青水秀的自然環境和多姿多彩的生活習俗。對美好生活的嚮往和追求、對邪惡力量的仇視和抗爭、對統治階層壓迫剝削的反抗，是人民不屈的心聲。在藝術形式上，語言活潑生動，篇幅短小，說唱結合，風格明麗。由於離原始社會較近，有的傳說情節曲折，想像奇特，有濃郁的神話色彩。

中國古代各民族所處的地理環境和生活方式是多姿多彩的。傳說反映歷史，傳說中多少帶有歷史事實的影子，因此，傳說的民族性和地區性就帶有更多具體的真實感。白族傳說《火燒松明樓》把南詔統一六詔的歷史集中反映在一個小小的動人情節之中。迎娶文成公主的傳說把藏漢兩族人民的友誼依託在排解難題的巧妙、機智之中，傳說把歷史事實典型化、傳奇化，從而產生了更強烈的感染力。人們都明白傳說不是歷史事實，但人們又都願意藉助傳說來點綴歷史事實。銀川是美麗的城市，但有了《鳳凰城》的傳說，人們就更加嚮往銀川那駝鈴聲中的江南風采了。新疆的葡萄乾甜得叫人心醉，維吾爾族女子的小辮在舞步中飛旋更令人浮想聯翩，但有了天鵝姑娘的傳說，美好的事物更增添了神奇的色彩。在今天的人看來，奴隸制是人類社會之樹上結出的一個苦果，但奴隸制時代的民間傳說，卻是同一棵樹上開出的美麗的香花，經歷過歷史的風風雨雨，至今仍散發出令人陶醉的芬芳。

民間故事

北方地區民間故事

隨著社會發展和民族遷徙的歷史腳步，中國北方各少數民族地區的人民創造了大量的民間故事。生息在北部邊疆這廣闊的峻嶺、草原、江湖邊的狩獵人、牧羊人、種地人等，是故事的主角。故事以人與人之間的關係為基礎，虛構生活情節，反映人類的社會生活。

這一時期北方地區各民族的民間故事分類大致如下：

◇（一）幻想故事

「幻想故事」又稱魔法故事，也有稱之為「民間童話」的。這類民間故事的幻想色彩較濃，富有很強的想像性，因而充滿了浪漫性。故書中的人物、事物帶有超自然性，情節離奇，表現了人不可能實現的願望，從而曲折地反映人民要求征服自然、改變現實生活的理想。

人類最早的魔法故事有許多是反映人們和自然作抗爭的故事。在艱苦的自然條件下，中國東北各少數民族人民進行了頑強的抗爭。赫哲族的民間故事《神叉蘇布格》講：赫哲族的年輕人蘇布格擅長捕魚，他叉魚能叉到魚鰭上，被稱為「神叉」。有一次江水封冰，他為捕不到魚而發愁。鯉魚告訴他：「鎮江黑龍」要去龍王那兒拜壽，所有的魚都去守宮。蘇布格聽了鯉魚的話，用魚叉叉住「鎮江黑龍」的尾梢，見到東海龍王，跟龍王要魚。龍王答應了，那一冬赫哲人打了無數牙莫思哈魚。這個故事表現了赫哲人主要的生活方式及其捕魚技術，是赫哲族漁獵文化的投影。

中國北方各少數民族的魔法故事還表現出人類生活環境的艱苦，以及人們為創造幸福生活而表現出的勇敢精神。蒙古族聚居地區普遍流傳著《舒牟納斯》（妖精）和「蟒古斯」（惡魔）的故事。其名篇為《巴特兒鎮壓蟒古思》。大意是弟弟巴特兒和姐姐一起生活。姐姐受「蟒古思」的唆使，總是刁難弟弟。有一次，魔王撲向巴特兒，想把他推進事先挖好的深坑。巴特兒英勇地和魔王搏鬥，姐姐幫助了魔王，巴特兒落入萬丈深淵。在一位仙女的幫助下弟弟得救，並殺死了魔王。與之內容類似的還有鄂倫春族民間故事《阿勒塔聶》、《一個老疙瘩智取妖魔》、《倆姐妹鬥魔記》等等。《倆姐妹鬥魔記》中說，姐姐硪駱鎊妞和妹妹憮初錕牛被女滿蓋（即妖魔）搶去。她們打死了小滿蓋，又與女滿蓋展開了搏鬥。女滿蓋妄圖用鋸子、快斧、鎊子殺死姐妹倆，但由於姐姐的咒語發生了效力，女滿蓋的陰謀沒有得逞。最後姐妹倆除掉了女滿蓋的命根子。殺死了她。屬於同一類型的還有鄂溫克族的《頂針姑娘》：有一個叫溫雅克紹柯的美麗女子，誰都想娶她。她提出誰能猜出她的名字就嫁給誰，並送給對方一匹寶馬。可是她的名字被魔鬼偷聽了，只好嫁給魔鬼。魔鬼想把溫雅克紹柯燒死，溫雅克紹柯的馬馱她飛起來了，魔鬼不甘心，寶馬就讓溫雅克紹柯殺死自己，馬尾變為金房子，馬的筋可以變為馬圈……她還根據寶馬死前告訴的方法，遇到危難時，就拔下頭卡子變為八根結實的大柱子，躲在上面，魔王永遠也爬不上去。

以上三個故事都說明，人總是靠著神奇的力量戰勝了貌似強大的惡勢力，正義和善良取得了最後的勝利。

還有一類魔法故事是以愛情為題材的，它表現了善良的勞動者的堅貞愛情。朝鮮族有《紅松和人參》的故事，大意是有個叫紅松的年輕人挖到一棵和人長得一模一樣的人參，他把這個寶物放入衣櫃，誰知打柴回來見人參竟變為美麗的參女，他們高高興興地結為夫妻。不料有一富人對參女起了歹心，紅松和參女便逃到長白山上。紅松變成了參天松樹，參女變回人參，在紅松邊上扎了根。滿族有《淚點玉杯》的故事：一個美麗的女子被一個青年的優美歌聲所打動，但又害怕那青年醜陋的面貌。青年自慚形穢，鬱悶而死。但他精靈不死，把自己的心送給年邁的娘親，讓她賣錢養老。這顆心被一識寶的人買去，經過火煉，化為一隻會唱歌的玉杯，姑娘聽到歌聲，淚滴入杯，杯子破裂，化成了俊秀的青年。於是，他們成了親。這類故事情節纖巧，想像美好奇特，並常以善良者的勝利而告終，表現了人們美好的願望和心裡的期待。

◇（二）生活故事

達斡爾族的《哲爾迪莫日根》的故事講，獵人哲爾迪莫日根的第三個妻子答應在丈夫回來時生一個金背銀胸的孩子，此事遭到大妻和二妻的忌妒。她們把三妻生下的孩子放到大鍋裡煮熟，讓牛吃了，然後換了一個狗崽子，過了不久，野牛生下一個金背銀胸的牛犢。於是大妻子買通巫師，要他提出用金背銀胸的牛犢祭神，給大妻子治病。正要宰小牛犢時，小牛犢不見了。若干年後，哲爾迪打獵，見一老人家有個七八歲的聰明伶俐的男孩，那個孩子繪聲繪色地講起了過去發生的一切。孩子脫去衣服，說他就是那個金背銀胸的男孩。哲爾迪處死了兩個惡毒的妻子，與三妻和男孩過日子。原來那小牛犢就是金背銀胸的孩子變的，被山神救去後，恢復了人形。這則故事抨擊了狡詐、貪婪和自私，讚揚了誠實、善良的美德。

與此相似的還有赫哲族的《松香德都和阿格迪莫日根》。故事的大意是：獵手阿格迪和土格德在打獵時遇見一隻大鷹，大鷹肚下有一女子，阿格迪射中了鷹翅膀，並搭救了落入水中的女子松香德都。但土格德趕來，說射鷹救人的是他，要求松香德都做他的妻子，並以箭為證。松香德都說，誰能在一天之內打死一隻虎，一隻黑熊和一隻豹子，就相信他是真正的救命恩人。土格德搶先上山，遇上了野獸卻忘了帶箭，阿格迪趕去營救，射殺了三隻凶獸，土格德承認了自己的錯誤，阿格迪與松香德都成了親。

鄂倫春族的《毛考代汗》大意是：勇敢剽悍的獵人毛考代汗和文吉善比賽狩獵的技能。比賽的辦法是一個人將一支箭拿去放在罕達犴身邊，另一個人把箭取回，但不能驚動罕達犴。毛考代汗繞到罕達犴的下風頭，把箭悄悄地放到公犴的身上。但文吉善從罕達犴身上取箭時，罕達犴跑了。毛考代汗預料到公犴會跑回來喝水，他借公犴低頭喝水時，一箭射中。

鄂溫克族獵民的故事也占很大的比重，主要有《黑熊報恩》、《老獵手和山神》、《獵人和老虎》、《獵手、鯽魚、仙鶴》等。《獵手、鯽魚、仙鶴》講道：一個獵手牽馬渡河，沒過多久，活蹦亂跳的鯽魚就鑽滿了褲套。過河後，不得不把鯽魚抖落出來。他把馬拴在白樺樹上，打獵回來後，馬不見了。原來一個穿白衣服的人正牽著馬走呢，仔細一看，是隻仙鶴，原來馬拴在仙鶴腿上了。故事反映了北國豐富的物產和神奇秀美的風光。這些以狩獵為題材的故事風趣生動，表現了狩獵民族的智慧和情趣。

達斡爾族中流傳著不少薩滿故事，《德莫日根的故事》很有代表性，其大意是：德莫日根是一個英勇果敢的美男子。有一次，他騎馬追蹤一隻狐狸，路過梅花哈托的家。梅花哈托愛上了德莫日根，但德莫日根並不依戀她。她極為惱怒，便使出巫術，派兩條箭蛇致德莫日根及烏難馬於死命。德莫日根的未婚妻齊尼花哈托得知，就到陰間去找回了德莫日根的靈魂。回來後，決定和梅花哈托比高低。她們兩個人的神靈聚在虛無飄渺的世界裡，讓各自的精靈交戰，有梅花鹿、金錢豹、飛蛇、白蛇、野雉、金鳳凰等，最後她們的靈魂也都揮劍交鋒，齊尼花哈托打敗了梅花哈托。這兩個女薩滿在陰間進行殊死抗爭的故事，是人類社會抗爭的曲折反映。

薩滿教是中國北方一些少數民族所信仰的原始宗教。它從靈魂的存在出發，創造出一個萬物有靈的世界。這是一個完整的靠原始意識、知覺、感觸、意志創造出來的東西。這則女薩滿的故事是達斡爾族豐富的薩滿文化的一個側影。

西北地區民間故事

西北地區民間故事以浪漫主義和現實主義相結合的手法，反映了西北各族私有制產生後的社會生活面貌，表現了人們征服自然的決心、變革現實的願望、對奴隸主階級的鞭笞、對奴隸反抗精神的讚頌、對美好生活的追求，等等。這些作品中以幻想故事為最突出。故事一般結構完整，脈絡清晰，主角多類型化、地方化和民族化，其類型化甚至達到了職業類型化、性別類型化和輩分類型化的程度，表現出鮮明的地區特色。

◇（一）幻想故事

《智鬥妖魔》是一則柯爾克孜族的幻想故事。

《智鬥妖魔》中的妖魔是奴隸社會現實生活中奴隸主和一切殘害人民的惡勢力的化

身。它們一方面是幻想的影子、想像的物體，另一方面又有現實中人的思想、語言和行為。故事透過鬥妖歌頌了人民的勇敢和智慧。

《使瞎父復明的姑娘》是一則烏孜別克族的幻想故事。這則故事情節曲折，懸念叢生，高潮迭起，自始至終充滿了奇幻的想像，瀰漫著浪漫色彩，引人入勝。

《狐狸與看磨坊的人》是一則塔吉克族的幻想故事。這則故事情節曲折，它反映了民眾的理想和願望，表現了人民為幸福而抗爭的精神和對未來的憧憬，感人至深。

《輕．吐米日英雄》是一篇膾炙人口的維吾爾族民間故事。這個故事歌頌了維吾爾族人民的勇敢精神，表達了人們與惡勢力勢不兩立的是非觀。

◇（二）生活故事

《貢爾建和央珂薩》是裕固族的一則生活故事。這篇故事講述具有超凡神力的神嬰坎德拜在淺栗色神馬的幫助下，機智勇敢地戰勝了千難萬險，從外國侵略者那裡要回了被搶走的財產，藉此歌頌了坎德拜為國家和民族捨己救人、臨危不懼的英雄本色和精神，表現了正直戰勝奸邪、正義戰勝罪惡的深刻主題。故事在社會理想的基礎上，充分運用想像的手法，展開離奇曲折的情節，塑造了栩栩如生的英雄形象。結構完整，層次分明，語言質樸無華，散韻結合，別具韻味。

柯爾克孜族的《英雄交奧達爾》的故事透過交奧達爾追求純貞的愛情和機智勇敢剷除危害草原 的惡魔，為草原帶來安居樂業的故事，表現了草原牧民們戰勝災難、追求幸福的要求和願望，故事情節曲折生動，語言樸素無華，充滿了濃郁的草原生活氣息。

西北地區的生活故事與幻想故事很難區分，兩者都有幻想的情節，但生活故事的現實生活氣息更為濃烈。

西南地區民間故事

西南少數民族民間故事不但為我們描繪出一幅幅千變萬化的生活圖畫，還刻劃了形形色色的藝術形象。故事的主角有的是人，有的是動、植物，有的是神仙、妖魔。故事的內容有的現實性較強，有的幻想性較強，但都直接或間接地反映了社會現實。

◇（一）幻想故事

這類故事的情節比較離奇，總是透過幻想虛構來實現難以獲得的結局，其中的人與動、植物成婚的故事和寶物幫助窮人的故事最為生動。

彝族的《大雁姑娘》講的是大雁和人婚配生兒育女的故事。從前，有一個鍋莊娃子，因得罪了黑彝主子，被趕到山上去開荒。一天，他正吹著葉笛，一群大雁飛過來不斷地在他頭上盤旋，忽然一根羽毛落在他腳前。他見雁毛潔白可愛，便帶回去插在板棚的柱子上，從這天起，他每天從田裡回來，都看見熱氣騰騰的飯菜。原來這是羽毛變成的女孩做的。後來他和女孩成了婚，並生了兩男兩女，過著幸福的生活。

獨龍族的《姑娘與青蛙》說的是：一個女子懷孕了，一天，突然從她的膝蓋上跳下了一隻青蛙。青蛙長大以後要娶老婆，母親說：「傻孩子，誰願意做你的老婆呢？」青蛙說：「那我自己去找吧。」青蛙在一戶人家門前看見一位漂亮的女孩正在織布，就到她家求婚。女孩的父親見求婚的是隻青蛙，就說：「你如果能笑，我就把女孩嫁給你。」青蛙聽了哈哈大笑震動了房子。女孩的父親又請青蛙哭，青蛙哭得洪水遍地，房子也被淹了一半，後來只好把女兒嫁給青蛙。女孩和青蛙結婚以後，每次和婆婆工作回家，都有香噴噴的飯菜做好了等著他們。婆媳感到奇怪，一次她們出門後躲在戶外偷看，原來青蛙變成了一個英俊的年輕人在幫她們做飯。她們要求青蛙不再變回去，青蛙答應了，從此，三人過上了幸福的生活。

《大雁姑娘》和《姑娘與青蛙》均屬田螺型故事，情節幾乎相同。它表達了人們對美好生活的嚮往，在對動物傾注的感情中透露出圖騰崇拜的遺韻。

傈僳族的《寶葫蘆》說，古時有個孤兒，靠打獵為生。一天，他把扣住的兩隻小狐狸拴在路旁一棵松樹上。有個人走來，用葫蘆換走了狐狸。這葫蘆有神力，可以變出米飯、白肉和金銀來。孤兒帶著葫蘆往家走，路上遇一人，用魔繩換去了葫蘆。孤兒待那人走遠了，便對魔繩說：「請你把我的寶葫蘆拖回來。」話音剛落，只見魔繩像箭一般飛了出去，轉眼間把葫蘆拖了回來。接著，有一人用魔錘換去了葫蘆。孤兒又請魔繩把葫蘆拖了回來。後來，有一人用寶刀換去了葫蘆。孤兒仍用原法把寶葫蘆拖了回來。他帶著幾件寶物走進了一座華麗的都城，國王聽說孤兒有寶，便命人來搶寶物。孤兒用魔繩把國王拖到江中，用魔錘敲倒城牆，讓寶刀飛出去殺死所有兵丁。

一條萬能的魔繩，牽動了一個社會，國王也不能例外。這類故事寄託著人們征服自然、反抗黑暗、爭取主宰自己命運的理想。情節離奇有趣。

白族的《密息巖清水龍和混水龍》說：鶴慶靈地坡後乾津地方，有一個清水龍潭，裡面住著乾津龍王。每年發大水，當地百姓常遭水災，而大甸村又年年乾旱，村民想把乾津龍王捉去給本村供水。乾津龍王害怕，變成了一隻白雞，結果還是被捉住。母龍知道這消息後，變成一個老太婆把關押龍王的罐子開啟。龍王變成一條水牛，母龍變成一頭黃牛，一起逃走。跑到密息巖被人嚇住，跑不動了，只得在那裡供水。從此以後，乾津龍王就在密息山腳吐清水，而羅莊村的母龍就在對面東山吐混水，給這地方的居民灌溉田地。

基諾族的《寶刀和竹笛》、《猴子和人》，都講的是弟弟善良勤勞，得到好報；哥哥陰險狡詐，總想不勞而獲，最後受到懲罰。這些故事基調是健康的、樂觀的、積極向上的。但過去人民生活的社會，肯定會受統治階層的統治思想的影響，所以也有消極的一面。帶有眼界和歷史的局限性，很多故事都以因果報應作結束，沒有超越當時狹小的思想視野。

◇（二）生活故事

生活故事涉及到人民的家庭、愛情、工作等生活的各個角落。這裡所述的生活故事僅是描繪人民生活中常見的人和事，幻想成分較少，寫實性較強。所以又叫「寫實故事」，或「世俗故事」。

這一時期藏緬語諸族的故事主要是反映貧富差別、善惡道德方面的生活故事，透露出私有制產生後出現了新的矛盾和人們的惶惑心態。如基諾族的《窮人》、《竹笛》、《織布能手白臘薇》等。《織布能手白臘薇》描繪一個窮人家的女子白臘薇，她純樸善良，熱愛勞動，不為財勢所屈。她深深地愛上了腳踏實地、不貪錢財的年輕人腰傑，腰傑也深深地愛著白臘薇。有一個富人家的女兒車施，「整天閒著不做事，人懶手笨」，也愛上了腰傑，但腰傑卻不喜歡她。白臘薇在車施家幫工。車施用了許多辦法折磨白臘薇，迫使腰傑愛自己。腰傑對車施家的壓力不理也不睬，一心愛著白臘薇。經過了許多曲折，兩人終於結婚，生了兒子。這件事引起車施的妒恨，便害死了白臘薇。腰傑十分悲痛，他一邊哭泣，一邊和兒子一起將妻子遺體藏到人跡罕見的深山密林裡。後來白臘薇忽而變成魚、忽而變成花、忽而變成鳥，和富人家展開了搏鬥。最後終於懲治了惡人，還原人形，回到世上和丈夫、孩子幸福地生活在一起。

故事中描繪的三個人，白臘薇勤勞勇敢，不畏強權，腰傑不貪富貴，忠於愛情；車施依仗財勢，欺壓窮人，凶惡狡詐。性格鮮明，情節曲折，有聲有色。

傈僳族的《貪財人的結果》講的是幾個人因想獨吞意外之財，招來殺身之禍的故事。從前，有個孤兒以打獵為生，他有三個夥伴，大家相處得很好。一天，他在山裡打獵，遇見一個老人。他見老人又累又餓，便把自己的乾糧送給他。老人見他善良，要送他一份禮物，說道：「你房前老松樹下，埋著一罐銀子，你和夥伴們挖出來分著用。」孤兒把這事告訴了夥伴，大家到老松樹下，果然挖出一罈銀子。四個人圍著火塘，高興地看著銀子。一個說：「先拿一些銀子，買些酒肉來，好好吃一頓再分。」大家都很贊成。於是一人去買酒，一人去買肉，一人留下看家，孤兒去拾柴禾。

買酒的人在酒裡下了毒藥，想害死別人。看家的人也想獨吞銀子，打死了買酒的人。買肉的人在肉裡也放了毒藥，他回來時，也被看家的人打死。孤兒背柴回來時，也捱了一棒，只因柴禾擋了一下，沒被打死，看家的人看看三個夥伴都倒下了，便坐下來吃喝，吃喝完畢，抱著罈子要走時，突然肚子痛起來，頃刻之間口吐白沫，倒在地上。

孤兒醒來，見三個夥伴都死了，十分惋惜，於是把銀子分給了窮鄉親們。這個故事情節饒有興味，對貪財害命行為揭露得入骨三分。

以上生活故事，都具有強烈的傾向性和愛憎分明的感情，謳歌了善良、誠實和勤勞，抨擊了貪婪、凶殘和見利忘義，造成了生活教科書的作用。

◇（三）機智人物故事

機智人物故事是一種特殊的藝術形式，主要特點是這類作品大都富有喜劇色彩，具有極強的幽默感。這類故事是階級矛盾日趨尖銳的產物，作品主題鮮明，表現出勞動者不甘奴役、蔑視權貴和擺脫不合理境遇的願望。故事的主角大都是普通勞動者，雖然他們是弱小者，但都很聰明、詼諧、樂觀，有高超的抗爭藝術，往往以少勝多、以弱制強，不斷取得勝利。這類故事內容單一，情節簡短，語言詼諧，嬉笑怒罵皆成文章。

這時期優秀的機智人物故事有彝族的《錯爾木呷的故事》、《羅牧阿智的故事》、《張沙則的故事》，傈僳族的《光加桑的故事》、《木必的故事》和景頗族的《兩個騙子》等等。

《錯爾木呷的故事》是流傳於涼山彝族地區的機智人物系列故事。主角錯爾木呷是一個鍋莊娃子，他聰明機智，常常為大家出氣。有一次，他跟著奴隸主到一個黑彝家做客，主人殺豬殺羊款待奴隸主，按規矩奴隸娃子是不能吃的。當主人端過肉來讓錯爾木呷傳遞時，他卻自己吃起來了。主人說：「這是給你主子吃的。」木呷說：「你們沒對我說，我怎麼會知道呢，這碗肉我已經吃過了，請你再給主子端一碗吧！」

不久，木呷的主子出兵去打冤家，給了木呷一枝長矛，叫他去打仗。他故意把長矛橫扛著，在隊伍中衝來撞去。眾人讓他順著扛，他裝聽不懂，結果把矛杆碰斷了。奴隸主認為他不會打仗，讓他背糌粑。木呷揹著裝有糌粑的羊皮口袋，一路偷偷地抓來吃。當主子要吃糌粑時，羊皮口袋卻成空的了。奴隸主大發雷霆，木呷說：「不知怎麼搞的，口袋漏了。」

木呷做了安家娃子以後，苦吃苦做，有了一點錢。奴隸主知道了，強行把錢借走，很久不還。遇上寨子裡流行熱病時，木呷裝做病重的樣子，彎著腰走到奴隸主門前，喊道：「主家，請你把錢還我，讓我拿去辦喪事吧！我害了熱病不得活了。你今天不還我，我只好死在你家了。」奴隸主全家都害怕了，忙叫人擋住他，立即拿出錢來還了他。

基諾族的《香甜的貓屎》、普米族的《哄你》都是反映奴隸社會生活的機智人物故事，是奴隸和奴隸主、窮人與富人抗爭的直接寫照。《哄你》說：一個看守牛群的奴隸半夜對奴隸主說：「有人要將你的牛群趕走。」奴隸主問：「是哪個？」奴隸說：「哄你。」奴隸主不理他。過了一會兒，他又對奴隸主說：「有人把你的牛群趕走了。」奴隸主問：「是哪個？」奴隸說：「哄你。」奴隸主罵了他幾句就去睡覺了。第二天，牛群不在了，奴隸主就追問守牛奴隸。奴隸說：「我昨晚上向你報告，哄你把你的牛群趕走了，你不要我管，我有什麼辦法？」奴隸主傻眼了。

西南少數民族民間故事十分豐富，從各方面反映了少數民族的社會生活和抗爭歷史，有的描寫人對大自然的抗爭，有的反映底層人民對壓迫者的反抗，有的則表現人民內部矛盾，不僅給予人潛移默化的教育，同時也給予人藝術的享受。

在藝術上，風格各異，有的尖銳潑辣，有的幽默詼諧，有的明快簡捷，還成功地運用了誇張、比喻、巧合、變形、象徵等手法，生動有趣，引人入勝。

華南地區民間故事

從春秋戰國時期起，在漢族先進文化影響下，壯侗語族各族先後產生了階級分化，與此同時，中央王朝的統治也深入到這些地區，民族壓迫與階級壓迫交織在一起。漢文化的傳播、中原地區先進生產力的影響，對各民族的發展發揮了推動的作用。這期間，這一帶先後存在過的南越王國、夜郎國、甌駱國、句町國、勐卯國等地方政權，對這些民族的歷史也產生了很大影響。在這種歷史背景下，這個時期的民間故事在內容和形式方面都有鮮明的時代色彩。

在內容方面，有反映階級分化的，有反映人民抗爭的，有反映愛情生活的等等。內容豐富，思想健康，反映了進入階級社會以後複雜的社會生活。此外，還有一些機智人物故事，很有教育意義。

在藝術上，現實主義手法和浪漫主義手法融為一體，使這些故事既有強烈的現實感，又有神話的浪漫色彩。但現實主義已逐步占了主導地位。語言趨於成熟，情節生動，有較強的感染力。民族特色與地方特色水乳交融，形成了自己的風格。

◇（一）幻想故事

《勇敢的阿刀》是壯族的一個有神話色彩的羽衣型幻想故事。很久以前，有一個青年名叫阿刀，他父親被壞人趕進深山，變成長角獸，母親氣死了。他照父親的吩咐，找到一塊別人不種的水窪，種出了黃燦燦的稻穀。收割時，七位仙女從天而降幫助收割。第七位仙女的翅膀被阿刀留下來了，她無法飛回天上，便與阿刀成親。後來壞人要搶仙女，她先飛回天上，吊下一條線來，把阿刀拉到天上去了。誰知天上的岳父存心要害死凡間的女婿，讓阿刀到南山去向吃人的夏山婆借鑼鼓。阿刀在妻子給的三根神針幫助下取來了鑼鼓。岳父不死心，還要害他，仙女只好送丈夫一把短刀，叫他回凡間避一避。在家鄉，見到的是夏山婆吃人後的累累白骨。他決心去鬥這個妖魔，誰知砍它一刀，它一舔又復原了。他後來探得祕密，以狗糞擦刀，果然殺死了這個吃人的妖怪。他又得到一根魔杖，點活了所有死去的人，仙女又回到人間與他團圓。這個故事不但反映了人與猛獸的搏鬥，也反映了階級地位不同產生的善與惡的衝突。

侗族的《走外婆》情節是這樣的：從前，深山裡有三個小姐妹，大的才十歲，小的五歲。有一天，三姐妹去外婆家，走錯了路，被喬裝打扮的鴨變婆引到牠屋裡去了。

三小妹一進門就要吃地瓜，鴨變婆說還沒有挖。大姐想，過年了怎麼不挖？疑心受騙了。後來小妹要吃炒蛋，大姐見「外婆」用鼻涕來炒，又見牠滿嘴紅牙，知道是鴨變婆了。她們藉口去上廁所，出到屋外塘邊，看見滿池血水，嚇得爬到樹上去。鴨變婆見她們久不回屋，出外尋找，見她們在樹上，並說要給「外婆」梳頭，牠為了哄她們，答應了。三姐妹把牠的頭髮繫在樹枝上，跳下樹來逃跑了。鴨變婆急了，猛一掙扎，把頭皮全揭掉了。牠在三叉路口遇到一位挑擔老人，向他求醫。老人把一筐石灰全扣在牠的頭上，鴨變婆慘叫著死去了。

這個故事在壯族、布依族中也廣泛流傳，壯族叫《牛變婆》，情節都差不多。故事中的擬人化動物，熊形，所以在壯族中又稱為人熊，是各種猛獸的化身。這個故事反映了人類和毒蛇猛獸作抗爭的艱險經歷，歌頌了人類的聰明智慧。

黎族的《孟徵捉猴子》說的是：從前五指山上猴子很多，到處為害，人們請孟徵想法治牠們。孟徵對蜜蜂說：「蜜蜂弟弟，你們可要當心呀！猴子說你們把山裡的花都採光，結不出果，牠們沒有東西吃，要來咬死你們了。」他又對猴子說，蜜蜂怪你們在樹上跳來跳去，抖落花粉，要整治你們了。蜜蜂和猴子決定在溪邊相鬥，孟徵在下游水底裝了好些竹籠。決鬥那一天，靈活的蜜蜂把猴蟄得大敗，孟徵便叫猴子往下游泅水，結果除了一隻母猴，其餘的都鑽到籠子裡去了。

這個故事很巧妙，它不是人直接跟猴鬥，而是借蜂鬥猴，表現了作為萬物之靈的人類的聰明才智，十分有趣。

《勇敢的帕拖》是黎族有名的故事。故事說，從前有一隻殘暴的老鷹精，從人間到海國的美女牠都要搶，甚至龍王的公主也不放過。青年帕拖要和年輕美麗的未婚妻成親了，土地公託夢告訴他，者鷹精要來搶他的未婚妻，要他準備好弓箭。第二天中午，帕拖在樹下守候，天空出現一朵大烏雲，帕拖一箭射去，烏雲翻滾著逃回去了，灑下一路濃血。帕拖順著血跡，翻山越嶺，終於找到精怪的洞口。洞又深又黑，帕拖想不出辦法，躺在洞口睡著了。醒來之後，他按照夢中土地公的暗示，在洞口一塊大圓石上敲了三下，「轟隆」一聲巨響，閃出一道紅光，把洞中照亮，一路石級直到洞底。帕拖下去以後，見到一個廣場和一座宮殿，被搶來的國王三女兒告訴他殺死老鷹精的方法。她和被搶來的姐妹們趁老鷹精受傷之機，偷了牠的寶劍，又把十三缸藥水蓋好，等妖精熟睡，帕拖才揮劍砍下牠的腦袋，剁碎了牠的身軀。牠的身體各部分往缸前滾去，因為有蓋進不去，老鷹精終於死去了。帕拖救了所有的女子，拒絕了龍女之愛，回到家鄉，和未婚妻成了親。

這個故事裡的老鷹精，不過是大自然惡劣勢力的化身，帕拖則是人類改造大自然的大無畏精神的代表。故事歌頌了黎族人民與大自然作抗爭的不屈不撓的精神，是人類與大自然作抗爭的一曲凱歌，同時也有社會矛盾的影子。

◇（二）生活故事

這一時期在華南各民族中有非常豐富的民間故事，以生活故事最多，且有特點。黎族的《蛤蟆黎王》說的是：五指山下一對老夫婦生下一隻蛤蟆，牠晚上脫去外皮變成俊俏的後生，白天又恢復原形。他練就一身武藝，還能口噴毒氣。有一回，官兵攻打五指山，燒殺掠奪。當時的黎王只知道吃喝玩樂，無法抵擋，只好出榜招賢，說能退敵者，願將女兒許配給他。蛤蟆揭了榜文，他騎大水牛迎敵，口噴毒氣把官兵打敗。黎王想變卦，女兒不同意。新婚之夜，牠脫去蛙皮，變成一位美男子。黎王以為蛙皮是寶，披上可以變成年輕人，誰知道他披上蛙皮，卻變成了蛤蟆。原來的蛤蟆被大家擁立為新黎王。

這個故事和壯族的《蛤蟆登殿》情節基本相同。可能起源於越人圖騰神話，後來演變成為反抗官兵的故事。它反映了早期嶺南的階級矛盾和民族矛盾。

毛南族的《太師六官》講的是壯族神話《莫一大王》中莫一的小弟莫六在毛南山鄉反抗皇帝的故事。故事說，莫六在父親死後來到毛南山鄉卡旦屯的後面石莊山頂上住。有一年，外敵入侵，皇帝出榜招賢，莫六佩劍應徵。他手上拎一小口袋芝麻和黃豆，對陣時，莫六撒芝麻成兵，撒豆成將，將敵人打得大敗而逃。皇帝不但不犒賞，因為莫六法術高明，反而要害他，但陰謀沒有得逞，只好封個空銜「匡佑京朝太師六官」，讓他還鄉。莫六回到家鄉，和毛南弟兄在一起，仍然在山頂上天天練武，保護毛南人平安。以後他變為神仙，強盜來犯，就用神兵抵禦，毛南人不忘他的功績，永遠紀念他。

莫一是英雄時代的神話人物，莫六卻有些巫術仙氣了。在這裡，毛南族人民借莫六的故事表達了他們熱愛國家、反對外來侵略、反對封建皇帝、不慕高官厚祿的高尚情操。

《岑遜開紅水河的故事》是壯族一個著名的反抗故事。故事說，很久以前，由於山巒阻隔，洪水沒有去路，紅水河一帶積水成災。人們只好在山上啃樹葉草根過日子。後來出了兩個能人岑遜、岑聖兄弟，他們力大無比，岑遜用千斤撬來撬大山，用萬斤擔來挑大嶺。岑聖用開山斧劈山，用通天鑿鑿通大山。經過千辛萬苦，終於把河水導引出去了，河兩岸從此繁榮起來了。誰知皇帝眼紅這塊肥沃的土地和用不盡的財富，派兵來侵占這塊地方，強迫壯人繳糧納稅，燒殺掠奪，無惡不做。岑遜兄弟氣壞了，帶領壯民和皇兵血戰，打得屍積如山，血流成河，把河水也染紅了。從此，這條河流被稱為紅水河。

秦漢到隋唐，封建王朝曾多次對桂西用兵，殘殺了許多壯民，但壯族人民從來就沒有屈服過。這個故事從側面反映了紅水河一帶的歷史事實，歌頌了壯族人民不屈不撓的抗爭精神。

這時期還有許多愛情故事，這些故事有的反映了堅貞的愛情，有的抨擊了封建禮教。秦漢以後，封建王朝的勢力深入嶺南和西南，封建禮教隨之傳入這些地區。但這些地區的少數民族都保持自由擇偶的習俗，這遭到封建官吏的攻擊，說什麼「人如禽獸，長幼無別」。在封建禮教壓抑下，產生了許多反封建禮教的愛情故事。

傣族的《小木匠》說的是：從前，在濃蔭深處有一個王國，君主極為殘暴，老百姓都恨透了他。有一個心靈手巧、英俊勇敢的小木匠，聽父親說國王把公主禁錮在十二層高樓上，十分同情。為了能見到公主，他用木頭做了一個「雲烘」——木飛鳥。小木匠家在公主樓邊，晚上他從自己的窗口坐著「雲烘」飛到公主樓上，從窗外望著她，公主也默默地望著他。一連三天，公主被他赤誠的心感動了，唱起了美妙的歌。這對情人在「雲烘」的幫助下終於緊緊抱在一起。他們的往來被國王發現了。國王的衛士把小木匠抓起來，要扔到龍林裡。小木匠用計騙了國王的衛士，他和公主坐著「雲烘」飛走了，在遠方過著和平幸福的生活。

這個構思奇巧的故事，抨擊了統治者對自由婚姻的扼殺，表達了傣族人民對美好生活的追求和嚮往。

黎族的《爾尉》說的是：爾尉是一個聰明靈巧的女孩，父母早亡。嫂嫂是個勢利眼，要把她嫁給有錢人家，她不依，嫂嫂就出難題，要她把五座山的草木都砍光。女孩上山砍伐，累了在大石板上休息，夢中有個英俊的後生幫她砍山，醒來之後果然砍光了。嫂嫂還是放不過她，又要她去燒剛砍下的草木。在那位後生的幫助下，草木全燒光了。原來年輕人是條小龍，他們結下了生死姻緣。後來，嫂嫂發現了這個祕密，把爾尉支去拜訪親戚，自己來到石板上喚出小龍，把他砍傷了。爾尉知道了非常難過，在水龜幫助下到海裡去與情人告別。小龍死了，爾尉回來後也自盡了。那石板變成了石棺，人們把爾尉裝殮在石棺裡。安葬時，河水陡漲，一個巨浪把狠心的嫂嫂摔死了。石棺沉入河底，和小龍的石棺永遠在一起。

這個悲劇故事歌頌了一對堅貞不屈、永不變心的情人，歌頌了純真專一的愛情，生動感人。

揭露統治階層醜惡嘴臉是生活故事中的重要部分。傣族的《麻打西雙郎》說的是：從前有個國王，十分腐化，有十二個老婆還不滿足。女妖王聽了，變成美女做了他的第十三個妻子。她花言巧語讓國王挖掉十一個妻子的眼睛和正在懷孕的最小的妻子的一個眼珠，藏進山裡，後來又要加害她們。最小的妻子逃入森林，小的生了男孩阿朗。阿朗長大了，從一位老人那裡得到兩顆寶石彈丸，打獵百發百中，他靠這個本領養活媽媽。阿朗後來到妖山上去取仙水，以便治母親們的眼睛，妖王知道了，設計讓阿朗與她的女兒成親，好加害於他。阿朗從公主那裡騙取了寶貝甜火、甜風和甜水，還有一張魔琴，逃離妖山，公主追不上，自殺而死。阿朗用仙水醫好了母親們的眼睛，又用琴聲殺死了女妖。大地裂了大口，把國王吞沒了。阿朗做了新國王，他還惦念公主，後來用仙水把她救活了。

這個故事揭露了國王的腐化和昏庸，揭露了統治階層內部的勾心鬥角。和許多同類故事一樣，結局以有一位賢明的國王當政而告終，寄託了人們的美好理想。

生活故事中有一部分是揚善懲惡的作品，其中《達架的故事》是壯族一個有名的故事。大約秦漢前後產生於沿海的壯族祖先中，之後傳至左右江一帶。中唐以後山東人段成式在廣西做官，邕州洞中人李士元向他講述後遂收入《酉陽雜俎》一書，廣為流傳。

這個故事在壯族中流傳很廣，雖然在流傳中發生了不少變異，但基本線索和段氏所記是相同的。大意為：從前有個女孩叫達架，母親不幸被巫婆唸咒變成一頭牛。父親便娶了巫婆做妻子，並帶來了痲臉女達倫。後娘十分狠毒，對達架百般虐待。後來父親又死了，她的日子更苦，每天去放牛，後娘還要她織一團亂麻，織不了不給飯吃。後來母牛叫達架把麻餵給牠吃，傍晚拉出了一堆又白又細的麻紗。後娘知道了，讓達架給牛餵麻，傍晚用衣襟去接，母牛卻拉了一堆爛屎。後娘很生氣，把母牛給殺了。母牛死了，達架哭得好傷心，天上飛來一隻烏鴉說道：「丫丫丫，架呀架！不要哭來不要怕！牛骨埋在芭蕉根，將來要啥就有啥！」有一天外婆家請客，後娘不讓達架去，要她把攏在一起的三斗芝麻和三斗綠豆分開。烏鴉教她用簸箕來篩，很快就做完了。歌節到了，達倫打扮得漂漂亮亮的去了，達架卻沒有新衣裳。烏鴉又叫她到芭蕉根下去找，果然得到一身新衣裳和一雙金子箍的鞋。達架去趕歌圩，到橋上，正好峒主的少爺過來了，慌亂當中，她的一隻金鞋掉到河裡去了。少爺的馬到橋上怎麼也不走，隨從打河裡撈出金鞋來。少爺叫人來認領，許多女孩都來試，沒有一個合腳的。後來達架出來認領，少爺便娶她為妻。婚後一年，他們有了一個孩子。誰知達架回娘家探親，竟被達倫推下深潭淹死了。達倫裝扮成達架回到少爺身邊，烏鴉又來揭老底，達倫用梭子把牠打死，煮爛後從窗口潑出去。後來潑湯的地方長了一叢竹，鄰居一位老太婆砍了個竹筒回家，達架從竹筒裡鑽出來了。過節了，夫妻終於見面，相抱痛哭。達倫見達架活了，非常害怕。她見達架長得更白了，自己也想更白一些，以便有一天奪回少爺，她躺在碓子下，讓她媽春那麻子，一春就春死了。後娘也氣絕身亡。達架和少爺過著幸福的生活。

這個故事有著鮮明的階級社會人與人關係的烙印。故事嚴厲譴責了那種害人的行為，歌頌了誠實、勤勞和忠貞的愛情。後娘虐待孤兒，是私有財產出現後產生的社會現象。透過故事，鞭撻了醜惡的行為，頌揚了善良的品德。

傣族的《金野貓》說，王子帥罕接了罕巴納西國的王位，在百姓的幫助下，戰勝了黃毛叭團（妖魔）。帥罕在慶賀勝利之日，驕傲了，看不起老百姓了。叭團趁機變成一位跛腳老人，獻上紅果，又給他唱頌歌。帥罕吃了紅果，叭團用手一指，他立刻變成了金貓，金貓被趕到了荒島上，叭團霸占了國土，百姓遭殃。有七個姐妹在小鳥的引導下，來到了孤島，和帥罕對歌。帥罕告訴她們，只有七姐妹才能救他。原來叭團詛咒時對他說過，除非獲得愛情，否則他永遠是一隻貓。帥罕向七姐妹求婚，最小的南倫給了他愛情。南倫和金貓緊緊相隨，脫離了孤島，到了另一個島國，經過千辛萬苦回到了獲罕壩，他又恢復了帥罕昔日的形象。帥罕在百姓的擁戴下，率領浩浩蕩蕩的隊伍，殺死了叭團，獲罕又恢復了繁榮。

這篇故事透過帥罕因驕傲而被叭團打敗，後來在百姓的幫助下打敗了叭團的經歷，勸誡人們切莫驕傲，切莫看不起百姓，否則將落入魔掌。這是一篇哲理性的諷諫故事，表達了民為邦本的從政觀。

封建社會少數民族文學

民間歌謠

北方地區民間歌謠

長期生活在塞北草原、大興安嶺山區和長白山下的各少數民族，自古以來「習為歌唱」，被稱為「歌海」、「詩鄉」。一望無際的草原上悠揚奔放的牧歌；大興安嶺的粗獷熱情的獵歌；烏蘇里江邊豪放的漁歌；長白山下清亮的插秧歌；遠征異域的士兵唱的思鄉曲；倍受苦難的奴隸的苦歌；初戀的少男少女的情歌；慈愛的母親的搖籃曲……從這浩如煙海的民歌裡，既可以看到人民真實的生活抗爭、風俗習慣，又可以感受到人民的痛苦與歡樂。

◇（一）生活歌

北方各少數民族在悠悠的年月中，創作了很多生活世態謠。這些歌謠直接反映了底層人民的心聲。

蒙古族有首古老的〈阿萊欽柏之歌〉，具體地表現了一個年輕的士兵對曠日持久戰爭的厭惡及思鄉的痛苦心情。作品控訴了統治階層窮兵黷武帶給人民的深重災難。

在生活歌裡，苦歌占有很大的比重。蒙古族的〈孤獨的小駱駝羔〉以幼小可憐的動物自喻，控訴了黑暗的社會環境、惡劣的自然環境帶給窮苦人民的災難。

朝鮮族的〈三年裝耳聾，三年裝啞巴〉反映了一位婦女在婆家過著非人的生活。朝鮮族的生活世態謠很多，其中包括〈漁夫行舟謠〉、〈桔梗謠〉、〈陽山道〉、〈尼日里里謠〉、〈砂鉢歌〉、〈月亮啊月亮〉，〈多福女〉等。生活的苦歌喚起人們對統治者的憎恨和對勞工人民的無限同情。

◇（二）情歌

情歌按其內容不同，在各民族中有不同的分類，一般可分為初識歌、結交歌、讚美歌、相思歌等。當愛情受到挫折的時候，有苦情歌、起誓歌、反抗歌、逃婚歌等。情歌在東北各少數民族中占很大的比重，僅以赫哲族為例，就有〈河邊情歌〉、〈表情〉、〈相會情歌〉、〈思夫〉、〈送行〉、〈迎歸〉、〈盼情郎〉等。

北方各少數民族的情歌，表現了各族人民純樸、健康的思想感情和崇高的情操。

在北方民族的情歌中，朝鮮族的情歌〈阿里郎〉尤為纏綿委婉，催人淚下。它在流傳的過程中，變異竟達三十多種。其代表作是〈密陽阿里郎〉。

西北地區民間歌謠

◇（一）生活歌

西北地區各族的生活歌多數反映日常勞動生活和家庭生活，豐富多彩，情趣盎然。畜牧業生產是柯爾克孜族人民主要的經濟生活，他們創作了許多讚美牲畜的歌，如〈馬贊〉、〈羊贊〉、〈犛牛贊〉、〈駱駝贊〉等。

生活歌中有相當一部分是直接表現勞動生活的。如裕固族的〈擀氈〉，細緻地描寫擀氈的勞動過程，介紹了擀氈所用的原料、工具和方法，說明了氈子的用途等。

◇（二）情歌

西北地區各少數民族情歌豐富多彩，從內容可分為頌歌、怨歌兩大類；從形式可分為格律體、自由體、花兒、宴席曲、賽凱特拜、庫依干、玉兒、少年、小調、烏辛舞春、沙林舞春等等。有些情歌細緻入微地表現了戀愛過程中不同階段的心情，如表白傾慕、探求對方的試情歌；熱烈追求，陶醉初戀幸福的初戀歌；誇獎對方才貌、人品的讚美歌；信誓旦旦的盟誓歌；情思纏綿的相思歌；祝福婚姻吉祥幸福的婚俗歌；以及批判不忠於愛情、喜新厭舊、見異思遷的怒斥歌；反抗封建禮教束縛，追求婚姻自由的反抗歌等等。情歌，像一面鏡子，反映了社會生活的繽紛絢麗和獨具特色的各族風情。維吾爾族黑汗王朝時期的情歌；哈薩克族的〈不要驚動草裡的羊〉、〈只要心地善良〉；柯爾克孜族的〈咱倆能否像針線〉、〈姑娘的憂傷〉；錫伯族的〈不畏強暴的鍾情〉；烏孜別克族的〈雅爾·雅爾〉；塔吉克族的〈相思的苦煎熬著我的心〉；俄羅斯族的〈前面一座山〉；塔塔爾族的〈藍天若是有了烏雲〉；土族的〈由誰戴在我頭上〉；撒拉族〈十二道黃河的水干〉；保安族的〈小嘴一抿（者）笑了〉、〈有口說不出苦了〉；裕固族的〈生路走三次就敢走了〉、〈妹妹永在阿哥心間〉；東鄉族的〈青石欄杆玉石的橋〉；回族的〈雲彩裡射出個箭來〉、〈小妹十七（者）我十八〉等等都是很典型的情歌。

哈薩克族的情歌以表現思戀的作品居多，描寫男女青年愛慕、追求的喜悅甜蜜；

離別、相思的痛苦憂傷，表現了對無情殘酷的封建制度的怒斥和控訴，例如〈不要驚動草裡的羊〉、〈只要心地善良〉、〈新媳婦的歌〉等，就是典型作品。柯爾克孜族的情歌大體有兩類，一類叫「賽凱特拜」，歌詞一般都是表現青年男女相互愛慕、讚美之情的，曲調活潑、歡快；另一類稱「庫依干」，歌詞大都是表達對封建制度和封建禮教的抗議、控訴，對戀愛、婚姻不自由表露的憤怒和哀怨之情，表現對自由婚姻的嚮往和追求，曲調一般都比較低沉、悽婉。例如〈咱倆能否像針線〉、〈姑娘的憂傷〉等，就是柯爾克孜族情歌的代表作。

錫伯族的情歌有「烏辛舞春」（田間歌）和「沙林舞春」（婚禮歌）的形式，內容極為豐富。

撒拉族的情歌大體有「玉兒」、「花兒」、「宴席曲」等三種形式，別具民族特色，尤其是「玉兒」，曲調奔放激越，節奏明快，表現了撒拉族青年男女反對封建禮教的束縛、大膽追求婚姻自由的勇氣和情趣。

此外，俄羅斯、裕固、土、回等民族都有形式多樣的情歌，反映各自民族豐富多彩的愛情生活，群眾喜聞樂見。

西南地區民間歌謠

◇（一）生活歌

在西南各族歌謠裡，苦歌占有很大的比重。苦歌真實地描繪了底層人民的痛苦生活，反映了他們的憤慨與不平，表達了他們對剝削者、壓迫者的強烈不滿。

在西南各族民歌中，反映底層人民苦難，訴說內心的憤懣與苦悶的歌謠數不勝數。羌族的〈主人還罵我是瘟牛〉以「牛」自喻：「對面山有頭牛，口含青草眼淚流，一年四季勤勞動，主人還罵我是瘟牛」。

〈阿昌苦〉唱出了阿昌人民的哀怨，反映出阿昌人民在封建制度壓迫下，被逼得走投無路的慘狀。他們身無立錐之地，到處顛沛流離，生命朝不保夕。

〈說窮〉是土家族的生活歌。它語言質樸，生活氣息濃厚，運用寫實手法，表達土家族人民不堪忍受苦難，進行痛苦掙扎的情景。

〈魚調〉是白族的一首訴苦歌，成功地運用了象徵手法，表面是寫魚的痛苦，實際是表達窮苦人的艱難處境。

在阿昌、拉祜等民族中，類似的生活歌很多。

苦歌中的孤兒歌，集中地反映了孤兒的悲慘生活。在封建社會裡，由於殘酷的階級壓迫，多少個家庭被破壞，多少個兒童失去了父母。他們無家可歸，生活在社會的最底層。

哪裡有壓迫，哪裡就有抗爭，藏緬語族的人民，透過長期的實踐，逐步地認識到自己的力量。他們在忍無可忍的現實面前，向統治者發出了挑戰的聲音。像羌族的〈烈火要向財主燒〉。

◇（二）情歌

採用唱歌形式談情說愛是少數民族的古老風俗。土家族有首情歌可以為證：「雨後初晴河水混，心想過河怕水深，丟個石頭試深淺，唱首山歌試姐心，看姐接音不接音。」

情歌是西南少數民族歌謠中的珍品，異彩紛呈，或傾吐愛慕之情，或讚頌對方品貌雙全，或互表海誓山盟。總之，反映出一種樸實純潔的愛情觀。

西南各少數民族的情歌在藝術風格上，鄉土氣息和民族特色很濃，形象動人，比喻鮮明，用語通俗，給予人自然美的感受。

〈我的心飛進了筒帕〉是德昂族的一首情歌，語言質樸，比喻貼切，給予人健康的力量和新穎的美感。

〈小妹不嫁閒蕩人〉是在傈僳族地區流傳的一首情歌。風格清新活潑，表達出一種真摯健康的戀愛觀。歌中詠唱的愛情，與只講權勢和金錢的腐朽戀愛觀，形成鮮明的對照。

〈吃了秤砣鐵了心〉是土家族的情歌，比喻清新，情意深長，結交定情，海誓山盟，雖然出語通俗，而審美情趣卻相當高尚。

有些情歌就殘酷的買賣婚姻進行了抨擊，羌族的一首情歌反映買賣婚姻為婦女帶來的痛苦：「十九女兒三歲郎，解衣脫鞋抱上床，心想說句心頭話，無奈他把我當娘。」

許多民歌用激動人心的詞句展現愛情生活的豐富多姿，熱情讚美健康而質樸的愛情以及美好的道德品格。

西南地區民間歌謠在思想內容上以反映愛情和日常生活方面最為豐富。這些作品廣泛採用了誇張、比喻、反覆等藝術手法，使之達到了相當完美的高度。其中有些比喻給予人特別的新鮮感。以自誇形式抒發人民的工作自豪感，新穎別緻。

華南地區民間歌謠

◇（一）生活歌

生活歌反映了人們的生活知識、生活信念、生活情趣和生活狀況，其中苦歌占了相當的比重，它是舊時代人民生活的真實寫照。

苦歌包括反映生活苦、單身苦、長工苦、鰥寡苦、孤兒苦、拉兵苦、媳婦苦、苦雨、苦旱等內容，真實地描繪了封建社會人民食不果腹、衣不蔽體的苦難情景，傾訴了他們對封建統治階層殘酷壓迫與剝削的憤懣。侗族〈河頭河尾苦奔波〉傾訴「單身苦情多」，「到處流浪受折磨」，離鄉背井，艱苦備嘗，卻終生過著「窮苦無依靠，無田無地常飢餓」的悲慘生活。

流傳於清代乾隆嘉慶年間的布依族〈苦歌〉運用對比手法，揭露了官家對百姓的敲詐：「苦！苦！苦！三年兩頭苦，百姓肚子空，官家糧生蛀！」仫佬族〈苦歌〉透過誇張手法，細膩地描寫了底層人民的苦難生活，「不講苦情人不知，三餐煮粥稀又稀，四兩白米半桶水，洗碗未乾肚又飢。」

水族〈逃難人痛苦悲傷〉描寫孤兒痛失雙親，又遭兵荒馬亂，雪上加霜，苦難重重。

其他苦歌諸如媳婦苦、長工苦、拉夫苦等，無不真實地反映了各族人民封建時代的生活狀況，生動形象，真切感人，都具有較高的歷史價值。

◇（二）情歌

壯侗語族各族素有「倚歌擇配」之俗，故有非常豐富的情歌，而且藝術性很高，堪稱民歌中的珍品。由於情歌涉及男女雙方，因而通常以對歌或盤歌的形式出現。侗族〈勤快厚道的人我追求〉、壯族〈好妹戀哥不用錢〉、〈哪樣變成田邊草〉等情歌，表達了超越一切金錢與物欲的愛情觀。

伴隨「坐妹」風俗而創作的侗族〈坐夜曲〉，抒發青年傾心吐膽的熱烈追求。毛南族〈一路高飛一路歌〉反映了毛南青年「行歌坐夜」、對歌連情的愛情生活。

表達男女愛情的對歌通常有嚴格的程序。例如聞名遐邇的壯族歌圩，一般要經過引歌、初會歌、大話歌、初問歌、盤歌、追求歌、初戀歌、定情歌、深交歌、贈禮歌、囑別歌等，有時要唱幾天幾夜。其中盤歌內容尤其豐富多彩，包括古往今來、天上地下、動物植物、人生禮儀、生產勞動等知識，因此，宋元明清時代，青年要從幼習歌，溫故知新，以便長大後能臨場應付，隨機應變。按照習俗，盤歌是女子對男子的嚴格考查，男子要顯示自己廣博的知識和應對才華，才能夠博取女子的歡心。

情歌不僅展示了各族青年豐富多彩的愛情生活，表達了他們對美滿愛情的熱烈追求，同時，熱情讚頌堅貞、坦誠、矢志不渝的高尚品德。例如黎族〈起誓歌〉透過咬手留痕這一感人舉動，表達愛情的無比堅定：「伸手給哥咬印印，越咬越見妹情真，青山不老留痕跡，見到齒痕憶親人。」

水族〈夢見你對我微笑〉，描繪了一幅男女青年夢寐以求的夫妻耕織的田園生活，他們盼望「白日裡，上山勞動；傍晚歸，紡紗織布」的美好生活。但是，在封建社會裡，美好的愛情又往往遭到不幸。

封建時期華南壯侗語族各族的歌謠，題材非常廣泛，社會生活的各個方面，幾乎都從歌謠中得到真實生動的反映。特別是壯侗語族諸民族酷愛民歌，素有以歌代言之俗，因此，民歌融入社會生活的各個領域，成為名副其實的時代鏡子。民歌篇章繁富，內容很廣，有鮮明的特色。首先是思想健康，富有深刻的哲理與教育意義，可以給予人生活上的許多啟迪。其次，藝術技巧上廣泛採用賦比興手法和各種修飾方式，使歌詞優美生動，富於感染力。民歌押韻有腳韻、頭腳韻、腰腳韻等形式，靈活多變，特別是嚴整的腰腳韻，在詩歌領域獨樹一幟。豐富多彩的押韻規則及多少不等的行數句式的配合，使民歌呈現出了絢爛多姿的民族風格和地方特色。民歌的另一藝術特色是特殊的反覆規則，這種反覆有固定的句式，有固定的韻律，是壯侗語諸族的古典格律詩。如壯族的勒腳歌，每首八行三節，每節四句，類似歌式在其他民族民歌中也存在。

中東南地區民間歌謠

中東南地區苗、瑤、畲、高山等民族封建時期創作的歌謠，內容豐富，大凡勞動、習俗、婚喪、遷徙、抗爭等等，均有歌謠記誦傳唱。不少歌謠口耳相傳，被不斷修改、補充，錘鍊成為膾炙人口的傳世佳作。

◇（一）生活歌

中東南地區的生活歌以追述民族遷徙、來歷和反映民間苦情為主要內容。

❶遷徙歌

苗、瑤有豐富的追述民族來源和遷徙的歌謠。其中，〈交趾曲〉、〈跋山涉水〉、〈海南信歌〉、〈祖居三峒歌〉、〈來歷歌〉、〈根底歌〉〈歷史故事歌〉等流傳最廣。

〈跋山涉水〉長達千行，採取輪迴問答的五言體，展現了一幅苗族先民氣壯山河的遷徙圖：由於人口增殖，迫使苗族祖先為尋求安身之所而大舉遷徙。途中，「西方萬重山，山峰頂著天」，「河水擠在一起流，水浪像山頭」，山水阻隔，險象叢生，但是，苗族人民跋山涉水，義無反顧，不僅克服了自然界的種種障礙，戰勝毒蛇猛獸的騷擾襲擊，而且在抗爭實踐中增長才智，學會伐木造船，利用舟楫之便，溯水西上，終於找到了夢寐以求的生聚之地。遷徙歌運用現實主義的手法，具體地描述苗族人民跋山涉水的艱辛歷程，塑造了一群展現苗族人民智慧與理想光輝的英雄群像，謳歌了苗族人民的開拓精神和英雄氣概。這首歌結構完整緊湊，跌宕起伏，描繪生動，堪稱遷徙歌中的佳作。

〈交趾曲〉以信歌的形式敘述一支原住廣西恭城縣東鄉的瑤族遷往交趾北部萬雲山的過程。內容包括遷徙原因、路線及沿途風土人情，最後邀請同族兄弟遷往定居。從某種意義上說，它是瑤族古代遷徙史實的濃縮與藝術再現，因而具有民族學、歷史學與文學的價值。

瑤族的〈交趾曲〉用大量的篇幅詳盡地記述瑤民遷徙的路線，以廣西恭城東鄉為始發點，經平樂府、象州、柳州、田州、百色等地而入雲南，讀之令人感喟。根據歷史學和民族學提供的資料，分布於東南亞和印度支那的瑤族，他們大體上是沿著〈交趾曲〉的遷徙方向遷至國外的，可見，〈交趾曲〉是部分瑤族遷徙跋涉的生動寫照。

❷苦情歌

苦情歌以傾訴苦情，揭露和鞭撻封建社會及其制度的黑暗與殘暴為主要內容。這一時期，中東南各民族有許多苦情歌流傳。

「瑤人窮，一日三餐苦菜根；芭蕉葉子做被蓋，龍頭葉子做斗篷。」這首〈瑤人窮〉是瑤族人民封建時期蒙受深重苦難的真實紀錄。瑤族苦情歌多以「香哩歌」的形式流傳，比較著名的如〈我的房子〉，它以樸素無華的語言，描述殘破不堪的居住環境。

「香哩歌」多數短小精悍，擅以白描手法，直陳其事，直抒胸臆，有力地揭露封建暴政下人民生活的悲苦，以及鬱結心中的憤懣。

苗族的苦情歌稱為「夏禾丟」，其內容主要反映清朝「改土歸流」以後，封建階級安屯設堡、占山霸坡、巧取豪奪等罪行。

它們如同一面面鏡子，如實地反映了封建社會深刻的社會矛盾和階級矛盾。

十七世紀以後，臺灣高山族部分地區急遽向封建社會轉化，生產水準仍處於原始階段的高山族人民身受封建統治者的壓迫，忍受著極大的痛苦。〈悲歌〉透過「窮苦人」藉助激烈的歌舞，發洩難以言狀的痛苦和憤慨。

◇（二）情歌

情歌是中東南各族歌謠中絢麗多彩的部分。由於各族青年戀愛比較自由，普遍存在對歌連情的習俗，因而反映愛情生活的歌謠多不勝數，內容豐富，藝術上也達到較高的水準。這一地區的苗族情歌種類繁多，依內容大體有：見面歌、青春歌、讚美歌、求愛歌、相愛歌、成婚歌、逃婚歌、離婚歌、分別歌、單身歌等等，從戀愛相知到洞房花燭夜，甚至離異分手，都有歌謠反映。

苗族情歌表達的方式也相當講究。例如見面歌、青春歌、相愛歌等採取男女對唱，有問有答，試探問候，波瀾起伏；措辭也根據感情表達的需求，或婉轉含蓄，或傾心吐膽，或讚美頌揚，或祈望祝福，曲折多致，美不勝收。因此，唱情歌是一門高超的藝術，要從小有意識地進行訓練。

瑤族情歌按其不同支系的歌唱形式與內容，可分為歌堂情歌、細話情歌和一般情歌。

歌堂情歌是指青年相聚一堂所唱的戀歌，瑤族稱「坐堂歌」或「擺堂歌」。分為序歌、請歌、勸歌、讚歌、對歌、排歌、謝歌和送歌，各段歌詞長短不一。其中對歌又稱盤歌，歌詞內容幾乎囊括上至天文，下至地理、政治、經濟、文化、歷史掌故，各種知識熔鑄一爐，融會貫通，出口成章，妙語天成。對歌一問一答，答不上即認輸。氣氛活躍，高潮迭起。

歌堂情歌為七言體，間或雜有三言起句，基本上四句一首，押偶句韻，語言質樸，感情真摯，表現出濃郁的生活氣息。

細話情歌，瑤語稱「撒旺」，僅指男女之間的喁喁對唱，歌聲僅限雙方聽清，故曰「細話」。一般流傳廣西巴馬、都安和南丹自稱「布努」的瑤族中間。

細話情歌分為盤問、試情、盼情、邀請、發誓、相囑、相思、相怨等。細話既然指肺腑之言，心底之歌，歌詞以真摯感人、纏綿悱惻見稱。多用自由體，句式長短不拘，字數多少不拘，押韻靈活，常用擬人比喻手法傳情達意。

苦情歌多以失戀、被棄為題，情調哀怨悽切。例如流傳廣西大瑤山的古情歌〈吉冬諾〉即是一例。勸情歌主要勸告對方信守盟誓，用情專一。通常明喻暗比，曉之以理，言之拳拳，動人心絃。

高山族情歌自有特點。史載高山族戀愛自由，「男女相遇，男彈嘴琴挑之，意投即野合。各以私物相贈，歸告父母，乃迎娶。」情歌多屬即興發揮，生活氣息濃烈，內容一般反映工作實踐中產生的愛情生活，或袒露發自內心的戀愛追求。用語天真，不做作，少誇飾，自有天然古拙之美。例如平埔猫霧捒社的〈男婦會飲應對答歌〉，透過男女對歌，表達勤勞勇敢是選擇愛情的標準。男子讚美女子「賢而且美」，「在家能養雞豕，又能釀美酒」，裡裡外外一把手，是百里挑一的好女孩；女子則欣賞男子「英雄兼捷足」，「上山能捕鹿」，「耕田播百穀」，堪稱耕獵兼備的「男子漢」。勤勞的品德使雙方永結百年之好。

有些情歌反映春情萌動、輾轉反側的戀愛心態，更見細緻入微，楚楚動人。例如平埔麻豆社的〈思春歌〉，描寫主角按照吉夢的啟示，竟然找到「伊人」家門的驚喜：

「夜間難寐，以前遇著美女子，我昨夜夢見伊，今尋至伊門前，心中歡喜難說。」崩山八社的〈情歌〉，描寫主角夜闌相思不寐的惆悵與痛苦：「夜深聽歌聲，我獨臥心悶；又聽鳥聲鳴，想是舊人來訪，走起去看，卻是風吹竹聲，總是懷人心切。」打貓社的〈番童夜道歌〉，透過情不白禁的表白，表達愛慕之情：「我想汝愛汝，我實心待汝，汝為何愛我，我今回家，可將何物贈我。」這些歌謠擅長細節描寫和心理刻劃，運用口語，直抒胸臆，讀來如聞其聲，如見其人。

中東南的畲族也有非常豐富的情歌，畲族民間有所謂「歌作媒」、「無情則無歌」之說。情歌常以「雜歌」的形式即席創作；歌詞真摯樸實，豐富多彩。除「雜歌」外，還有一套配合婚禮儀式的情歌，別具一格，饒有興味。

總之，封建時期中東南地區各族歌謠創作無論思想內容或藝術手法，都有引人注目的發展。隨著歌謠內容的開拓與豐富，長歌與短章並存，特別是〈交趾曲〉、〈跋山涉水〉等遷徙長歌的出現，標誌著賦體民歌的長足進步。各民族傳統的藝術表現形式更加鮮明而突出，如苗族的五言輪迴問答歌體，瑤族的盤歌、香哩與信歌，畲族的「雜歌」等，逐步形成獨特的民族風格與特點。

民間長詩

北方地區民間長詩

◇（一）《孤兒傳》

蒙古族的《孤兒傳》先後載於羅卜桑丹津的《黃金史》、拉喜朋楚克的《寶聯珠》以及《成吉思汗傳》等著作。這首詩歌敘述了在成吉思汗大宴群臣時發生的一場爭論。酒宴上成吉思汗的九卿爭論喝酒的利弊，他們各持己見，互不相讓，這時，一個身分低微的孤兒發表了自己的見解。

孤兒的一番言論，遭到大臣欽達嘎斯琴的厲聲責難和謾罵。孤兒面對權勢，毫不退讓。

孤兒的精闢言論和才幹，得到成吉思汗的讚賞。從此將他留在身邊。這個故事成為千古佳話載入史冊。

這首敘事詩刻劃了一個孤兒雄辯家的形象。雖然孤兒的地位是卑微的，但他聰穎睿智，勇於直言，向企圖用權勢禁錮人們思想的愚蠢統治者提出了挑戰。孤兒的形象展示了蒙古民族豁達、開朗、睿智、機敏等性格特徵。這首詩還刻劃了英明聖主成吉思汗的形象。成吉思汗允許地位低下的孤兒在酒宴上發表自己的見解，以表明他對人才的器重。

◇（二）《成吉思汗的兩匹駿馬》

《成吉思汗的兩匹駿馬》在鄂爾多斯高原以及其他蒙古族聚居的地區流傳，它有許多不同的手抄本，大致可以分為純韻文體和散韻結合體兩種。長詩的大意是馬群中的白騍馬生了兩匹駿馬，成吉思汗非常喜愛，從小就精心調教。兩匹駿馬屢立戰功，但是「人們沒有為牠們喝彩……眾獵人也沒有對牠們欽羨。」小駿馬非常傷心，因為忍受不了嚴格的調教培養和得不到主子的賞識而出走，大駿馬不忍與之分離，只好伴隨而逃。成吉思汗夢見兩匹駿馬出走，心急如焚，一面派人追尋，一面向蒼天祈禱。兩匹駿馬在阿爾泰山生活了四年。小駿馬非常憐惜哥哥，決定返回家鄉。成吉思汗得知駿馬返群，非常高興。

後來大汗騎著兩匹駿馬，行獵在阿爾泰山。兩匹駿馬的神速，博得十萬獵人的同聲誇獎。

長詩塑造了小駿馬、大駿馬和成吉思汗的形象。

長詩表現出騎手與馬的相依關係，即英雄愛駿馬，駿馬識英雄的主題。這篇在蒙古族文學史上不可多得的膾炙人口的作品，藝術上的突出特點是把馬擬人化，賦予馬以人的思想、人的語言，生動活脫地表現出馬的情態。作品中大駿馬與小駿馬的對話感人肺腑，當牠們要離開故土時，小駿馬自恃自重，大駿馬成熟老練，小駿馬幻想著自由的、無拘無束的生活；大駿馬則執著穩重，懂得離群的痛苦。一連串的對話表現了大駿馬和小駿馬的不同性格。在材料組織上，作者善於將錯綜複雜的矛盾，透過成吉思汗和駿馬、大駿馬和小駿馬之間的關係，組成了一連串的衝突場景，中心突出，情節跌宕。特別是不同組合的矛盾衝突交替出現，推動了情節的發展，引人入勝。為了突出馬在蒙古族人民心中的地位，作者採用了鋪墊、烘托、反襯等一系列的藝術手法，甚至不惜讓成吉思汗袖手向兩匹歸來的駿馬問安，又為此大宴群臣三日。在這裡，既突出了馬的地位，又刻劃了一位賢明豁達的君王的形象。同時間接反映了成吉思汗思求賢如渴的心態，可謂一箭雙鵰。在語言上，長詩把民間的口語詩化，具有濃郁的抒情色彩和草原情調，它為民間敘事詩的發展開闢了道路。

西北地區民間長詩

◇（一）《遷徙歌》

《遷徙歌》是錫伯族的民間長篇歷史敘事詩。它吟唱、記錄了西元一七六四年錫伯人奉清王朝之命從東北故鄉，跋山涉水，迤邐萬里，歷盡千辛萬苦，西遷至新疆西陲的經過和奮發創業的英雄事蹟。長詩首先寫了惜別故土的動人情景，接著寫出人們決心去追求未來的生存和發展：「必須的物品全帶上，要為今後的生計著想。帶上故鄉的種子喲，讓它結果在西疆的土地上。」西遷是艱苦的，風沙無情，飢渴難忍，還要挨清朝官員的皮鞭。沿途埋葬著許多同胞的屍骨。但他們終於到達邊陲，開荒造田，重建家園，保衛邊關。在一系列歷史變遷中，他們始終保衛領地，寸土不讓。這首長詩無疑是民族精神高亢的讚歌。

◇（二）《艾里甫－賽乃姆》

《艾里甫－賽乃姆》是維吾爾族很有影響的民間長篇愛情敘事詩，一千五百多行。它敘述了艾里甫與賽乃姆之間純真的愛情遭受到阿巴斯國王阻撓和破壞，最後釀成雙雙殉情的悲劇。阿巴斯國王的女兒賽乃姆與宰相的兒子艾里甫從小相處在一起，長大之後，彼此相愛，國王和宰相立下誓約，讓這對情人成為眷屬。後來，宰相不幸辭世，國王阿巴斯在奸臣的挑撥之下，食言毀約，將艾里甫一家驅逐流放在異鄉。最後造成了艾里甫和賽乃姆雙雙殉情。這部長篇愛情敘事詩，熱烈歌頌了青年男女自由戀愛，以及他們至死不渝的愛情和不屈不撓的反抗精神。詩中以帝王代表封建制度及其陳舊沒落的婚制，揭露了這個制度的不義行為。艾里甫和賽乃姆代表要求正義、平等和自由的人民，他們成了反抗從政治到道德都日益沒落的封建制度，反抗宗法政權造成的各種災難，反抗宗族封建婚姻制度的叛逆者們的代表。長詩深刻地反映了維吾爾族人民的理想和願望。

《艾里甫－賽乃姆》是散韻交替構成的敘事詩，極富於音樂性。詩中有部分雙行是用著名的音樂套曲「十二木卡姆」曲調來吟唱的，有濃郁的維吾爾族民間長詩傳統風格。

◇（三）《季別克姑娘》

《季別克姑娘》是哈薩克族一部流傳極廣的民間長篇愛情敘事詩。它敘述了這樣一個愛情故事：小玉茲的加嘎勒巴依勒汗國的巴扎爾巴依汗王的長子托列根，為了遴選妻室，來到阿勒特業穗切克汗國，與公主季別克一見鍾情，相愛至深。不料托列根被情敵殺死。外敵侵占了季別克的國家，敵王欲強娶季別克為妻。這時，托列根的弟弟散斯孜拜出現在季別克面前，他倆以智慧和毅力戰勝敵人，並與季別克結為夫妻，美滿的婚姻傳為佳話。

長詩共三千九百五十一行，分三個部分：

第一部分記敘托列根離開故土到他鄉追求自由戀愛，與季別克一見鍾情，相愛相親的曲折過程。

第二部分講述忠貞不渝的季別克公主篤信諾言，忠於愛情的高尚情操；讚美見義勇為的散斯孜拜協助季別克殺死敵王，為哥哥報仇雪恨的英雄氣概。

第三部分描述了智勇雙全的季別克公主，出奇致勝，全殲入侵之敵，為人民造福的經歷，以及與散斯孜拜完婚成親。

《季別克姑娘》透過曲折動人的故事，反映了托列根、季別克憤世嫉俗，衝破封建禮教的束縛，追求自由婚姻的不屈不撓的抗爭精神。全詩語言生動、優美；結構嚴謹完整；情節曲折，引人入勝；形象明晰活脫，具有很高的思想性和藝術性。

◇（四）《英雄塔爾根》

《英雄塔爾根》是哈薩克族一部長篇英雄敘事詩。它描述了在外敵侵入的危難時刻，英雄塔爾根臨危不懼，挺身而出，隻身匹馬，威震敵膽，為國家民族建立豐功偉業的曲折故事。全詩一千三百餘行，採用散韻交叉敘述的方式，成功地塑造了塔爾根的光輝英雄形象。塔爾根的形象血肉豐滿，有神有情，栩栩如生，是民族精神的化身，是人民力量的代表。

西南地區民間長詩

西南地區各民族創作的敘事長詩十分豐富，其中，彝族有《阿詩瑪》、《賣花人》、《力芝與索布》、《木荷與薇葉》、《雪峨養雀》和《阿鴿》，白族有《出門調》、《鴻雁帶書》，哈尼族有《不願出嫁的姑娘》、《安底瑪依》，景頗族有《巖惹惹木》，佤族有《凱諾和凱剛》、《臘必毛垂與羌退必坡》，藏族有《瑪尼當紙片》、《在不幸的擦瓦絨》、《拉薩怨》、《負心的喇嘛》，德昂族的《達古達楞格來標》，土家族有《錦雞》等等。這些長詩經過長期流傳，不斷加工提煉，不僅有較強的思想性，也有較高的藝術性。

◇（一）《阿詩瑪》

《阿詩瑪》是彝族撒尼人民口頭流傳的長篇敘事詩。自一九五四年譯成漢文出版之後，產生了廣泛的影響，被譯成多種文字，成為世界文學寶庫中的珍寶。

《阿詩瑪》以阿詩瑪、阿黑反抗不合理的婚姻為線索，反映了勞工人民對封建黑暗勢力的堅決反抗和抗爭，表現了勞工人民的英雄氣概。長詩敘述熱布巴拉倚仗權勢，強行搶走了阿詩瑪。阿黑為營救阿詩瑪，與熱布巴拉進行了各式各樣的較量，如對歌、砍樹、接樹、撒米、拾米等等，阿黑都一一取勝。熱布巴拉又放虎傷人，阿黑三箭射死老虎；又放三箭，一箭釘在熱布巴拉的祖先牌子上，迫使其釋放阿詩瑪。在阿詩瑪回家的路上，熱布巴拉縱容巖神放水淹死阿詩瑪，她變成了回音，永遠在撒尼地區的重山峻嶺中迴響。

《阿詩瑪》塑造了兩個性格鮮明、光彩照人的藝術形象。阿詩瑪聰明、美麗又勤勞，她無奴顏媚骨，嚴辭拒絕熱布巴拉家的求親。即使在媒人的威逼下她仍表示：「不嫁就是不嫁，九十九個不嫁！」她與熱布巴拉進行了不屈的抗爭，雖然阿詩瑪被巖神放水吞沒了，但她變成回音，永遠活在人民中間。人民用優美的藝術想像賦予了她永恆的生命。

阿黑的英雄形象也是很突出的。長詩運用浪漫主義的誇張手法，透過與熱布巴拉的鮮明對比，三次鬥智，三次比武，充分表現了他的英雄氣概和抗爭精神。

阿詩瑪和阿黑的形象，具有深刻的典型意義。阿詩瑪的悲劇是社會悲劇。雖然阿詩瑪為爭取自由、幸福進行了殊死的抗爭，最終仍無法逃脫巖神的魔掌，這說明在封建社會裡婦女解放和婚姻自由是不可能的，或者是非常艱難的。

◇（二）《不願出嫁的姑娘》

《不願出嫁的姑娘》是哈尼族在傳統「哭嫁歌」基礎上加工創作的長篇敘事詩。全詩分為輕女、賣女、逼嫁、結婚、受苦、怨憤、逃跑、自由等八個部分，完整地敘述了一個哈尼族婦女在封建禮教、買賣婚姻摧殘下所經歷的悲慘遭遇。

長詩塑造了一個十分感人的婦女形象。她勤勞、善良，從小與哥哥一起砍柴、割草、插秧、種棉花，從事繁重的農務和家事，對父母和兄長孝敬溫順，但是，她從小就遭受不公平的待遇。人生道路上一次又一次的打擊，終使她幻想破滅了，最後毅然出走：「是人不能朝你們燒香，是鬼也不能向你們求情。」她經歷了從幼年受苦到婚後逃回娘家，從離家幫工到翻然醒悟，解脫幻想，勇於與不合理的現實抗爭：「穀子是大家種出來的，怎麼不給我吃？棉花是大家種的，怎麼不給我穿？房子是大家背草蓋，怎麼不給我住？」這個婦女形象，是封建社會裡哈尼族婦女共同命運的典型概括。

◇（三）《錦雞》

土家族長詩《錦雞》長七百二十行，七言四句結構。情節是：男主角春哥幼年喪失雙親和養母。為了埋葬老人，春哥到土司家賣身借債，從此含辛茹苦：「伏天上山守羊，巖洞當屋石當床，羊兒吃飽山中草，春哥含淚吞粗糠。十冬臘月去守羊，羊兒冷得打戰戰，羊兒身上還有毛，春哥沒有棉衣穿。」後來，春哥從蟒蛇的魔口裡捨身救出錦雞姑娘。為了報答救命之恩，錦雞姑娘取下明月珠和鎮山寶如意鈴交給他。春哥搖動如意鈴，得到許多銀子，為自己和十個長工兄弟贖身。贖身後，春哥與錦雞姑娘永結百年之好。土司欲施初夜權，錦雞姑娘施展神力，嚴懲土司。

「千本故事萬本經，都是善惡兩相爭。」長歌以春哥和錦雞姑娘的愛情為主線，表現善惡之間的抗爭。這是一首美勝醜、善制惡的正氣歌，生動地表現了土家族人的審美意識。

華南地區民間長詩

據統計，華南地區壯侗語族各個民族創作的長詩，壯族已近一千部，傣族達五百多部，侗族、布依族的長詩數量也很多。這些長詩當中，比較著名的有傣族的《召網香召網朔》、《相勐》、《千瓣蓮花》、《娥並與桑洛》、《召樹屯》、《朗鯨布》、《蘭戛西賀》、《松帕敏和嘎西娜》；壯族的《嘹歌》、《傳揚歌》、《馬骨胡之歌》、《文龍與肖尼》、《唱秀英》、《梁山伯與祝英臺》、《達七》、《六丘》、《雙姑傳》、《鴛鴦巖》、《龍勝壯族歷史歌》、《幽騷》等；布依族的《調北征南》、《月亮歌》、《光鐵芳》、《金竹情》、《抱摩山》、《六月六》、《何東何西》；侗族的《勉王起兵又重來》、《金銀王之歌》、《娘梅歌》、《秀銀和吉妹》、《劉海和莽子》、《茶妹和鐵郎》、《金花和銀川》；仡佬族的《由海的浪蕩兒》、《婆媳不和》；京族的《金桃姑娘的書信》、《宋珍與陳菊花》、《劉平與楊禮》；黎族的《牛郎織女》、《董永的故事》；仫佬族的《唱羅城》、《八寨趙金龍》等；毛南族的《勸善歌》、《楓蛾歌》、《龍女與漢鵬》；水族的《詰俄伢》等等。這些長詩從風格上看可以分為敘事長詩、抒情長詩和哲理長詩三大類。

◇（一）《六月六》

布依族的《六月六》是一首節日風俗長詩，它敘述布依族最大的民族節日「六月六」的來歷。有一年布依族地區遭受蟲災。有一對夫妻，男的叫得萊，女的叫阿菊，帶領大家撲滅飛蛾。可是，待秧苗長出新芽，又遭到螞蚱施虐，得萊夫婦只好去找日月請教滅蟲之法。他們在燕子、蜘蛛、蛤蟆的幫助下，經歷了千難萬險，來到了日月灘。太陽贈送能使農作物起死回生、飛蛾喪命的龍貓竹，月亮贈送大袖口、大鑲滾的衣裳和銀圈、壓領、青布裙。阿萊夫妻騎著白龍馬回到納秧寨，率眾圍殲害蟲。

萬惡的螞蚱王被捉住了，蟲害消除了。這天正是六月六日，按照太陽公公的啟示，每逢這一天：

田中要插龍貓竹，
年年此時獻雙馬，
年年此時晒衣服。
衣裙在身毒蟲死，
布依家家衣食足。

這就是「六月六」節日的來歷。這首長詩採用神話和魔法故事的一些手法，塑造了兩個具有犧牲精神的形象。他們為了父老鄉親的和平寧靜生活，勇敢地承擔起消滅害蟲的重任，以自己的智慧辦了一件艱難而又有益於民的大事，贏得了世世代代的敬仰。從側面透露了古代布依人用巫術來表達自己願望的儀式，對我們研究民俗有參考價值。

◇（二）《嘹歌》

壯族長詩《嘹歌》產生於明代，全詩包括《唱離亂》（又叫賊歌）、《日歌》、《三月歌》、《路歌》和《建房歌》五個部分，長達數萬行，是迄今發現的壯族最長的長詩。

《嘹歌》洋洋數萬行，每一個情節都讓人感受到壯族特有的習俗和民間風情，從禁忌到道公、師公的祝禱，從擇吉日良辰到岳母的祝福儀式，以及一連串的祝願，都反映了明代右江地區壯人的風情。全詩為五言四句腰腳韻，語言非常優美，有著右江地區特有的舒緩而和諧的音樂旋律，彷彿是汩汩山泉，在林中從容彈唱。詩中廣泛使用明喻、暗喻和借喻手法，透過大量排比和反覆，形式上相同句式結構的多次反覆和複雜多變的喻體的統一，使得反覆的多次出現而又不令人感到乏味，這在藝術創作上須有很深的功力，並有豐富的生活作基礎。《嘹歌》可以說是明代右江壯人的「清明上河圖」，有很高的藝術價值和社會價值。

◇（三）《娘梅歌》

《娘梅歌》是侗族說唱結合的「嘎錦」體敘事長詩，它生動地敘述了秦娘梅與助郎相親相愛，最後被迫逃向遠方，後丈夫被害，娘梅為夫報仇的過程。情節跌宕起伏，曲折生動，全詩除序歌和尾歌，共分十二章，七百多行。

《娘梅歌》採用現實主義的手法，塑造了一位堅強不屈的婦女形象，反映了雍正年間侗族社會的婚姻狀況和社會生活。波瀾迭起，曲折生動的情節，引人入勝。長詩採取「嘎錦」格式，有說有唱，以說連綴，以唱抒情，相映成趣，生動活潑。

◇（四）《唱英臺》

《唱英臺》是壯族根據漢族梁祝故事加工創作的一部長詩。包括序歌、入學、分別、拒婚、尋訪、殉情與尾聲七個部分，共一千四百多行。長詩在忠於原作主題的基礎上，做了大膽的藝術創造，成為壯族生活化的梁祝故事。

《唱英臺》是壯族人民的藝術再造，人物的反抗性格保留下來了，但族籍卻改為壯人，籍貫也是壯族地區。人物的行為也是按壯人的性格描寫的，祝英臺已不是原故事中的大家閨秀。她追求愛情潑辣大膽，符合壯族女子的性格特徵。她和梁山伯同居一室，山伯懷疑她女扮男裝，提議用芭蕉葉墊睡，誰體溫高，葉子枯黃，誰就是女的。她半夜把葉子放到窗外晾晒，清晨起來比梁山伯的還青翠，終於遮掩過去了。這些細節安排都有民族特色。

作品中的環境變成桂中宜山柳州一帶。搶婚的變成了土司。以釵插墓土，引來雷鳴電閃，梁山伯居然從墓門中走出來，兩人撲在一起，化蝶升空。結尾出現了閻王判案的情節，在這裡，閻王以正面的形象出現。

長詩使用的主要是紅水河土語區的壯語和勒腳體形式，形象生動，音韻和諧，音樂性強。在大眾中演唱時，引起強烈的共鳴。有的詩句已變成名句，廣泛流傳在民間。梁祝故事在布依、侗等民族中也改編為長詩。

◇（五）《金銀王歌》

這部長詩反映的是吳金銀領導侗族人民起義的故事。清乾隆年間，平壩寨侗族首領吳金銀集結農民起義，反抗官府暴政。他們首先利用宗教迷信作號召，特地在一個大瀑布的石洞裡，紮一個草人，點上燈，從外面看籠罩著神祕的氣氛，宛若一尊天神。又派人於洞口喊話：「五族連天地，世代共存亡，侗漢苗瑤壯，同鏟官禍秧，今日舉義旗，太平萬年長。」吸引眾人來參拜，聚義於吳金銀麾下。從此，縱橫馳騁三省交界，殺得官兵望風而逃。後來清政府派三省官軍圍殲，義軍失敗，金銀王壯烈犧牲。《金銀王歌》以高昂的筆調，反映這場驚天動地的農民抗爭。

《金銀王歌》用敬仰、懷念和惋惜的心情，歌唱侗族人民的起義英雄，鞭撻官府的掠奪和官軍的殘暴，字裡行間充滿了對壯烈犧牲英雄的深切懷念。

中東南地區民間長詩

中東南地區長篇敘事詩，從已發掘整理的作品看，主要取材愛情故事與社會或民族抗爭為多。前者如苗族的《娘阿莎》、《娥嬌與金丹》、《兄當與別莉》、《哈邁》，瑤族的《桑妹與西郎》、《觀婭酒蒂蓋》等；後者如苗族的《安屯設堡歌》、《告剛》、《雹丟依》，瑤族的《娓生和銀根》，畬族的《元朝十八帝》、《災荒歌》等。下面著重介紹幾部比較典型的長詩。

◇（一）《娘阿莎》

《娘阿莎》是苗族著名的愛情敘事長詩。共一千兩百餘行。主要流傳在貴州黔東南地區，被譽為苗族古歌「四寶」之一（即《運金運銀》是最富的歌，《妹榜妹留》是最大的歌，《榜香油》是最老的歌，《娘阿莎》是最美的歌）。可見，《娘阿莎》在苗族人民中間的崇高地位和深遠影響。

「娘阿莎」是苗語譯音，意即清水姑娘。其梗概是：娘阿莎從井裡誕生以後，長得像井水一樣純潔美麗。櫻花，蜜蜂、畫眉等都來找她「遊方」（結交朋友，選擇伴侶），但是，娘阿莎沒有接受它們的愛情。後來，她聽信烏雲的花言巧語，嫁給了太陽。新婚才三天，太陽就拋棄她到東海上當理老和經商。娘阿莎獨守六年空房，在痛苦的生活中，她與月亮患難與共，產生深厚的感情，最後結為夫妻並一起逃離太陽家。太陽回來後，雙方請理老評判，月亮賠了江山，得到了娘阿莎的愛情。

《娘阿莎》傑出的藝術成就，表現在作品藉助擬人化的手法反映社會生活。它抓住了太陽、月亮、烏雲、水、魚、蟲、鳥等自然現象和動物的某些特徵，寫形傳神，賦予各種不同的性格和象徵意義。比如，清水象徵純真的姑娘——娘阿莎，太陽象徵權貴和貪婪殘暴的剝削者，月亮象徵勤勞樸實的勞工，烏雲象徵花言巧語的媒婆，櫻花、蜜蜂和畫眉象徵美好少年等等。不但比喻生動貼切，而且雋永含蓄，耐人尋味。

長詩還善於捕捉自然界一剎那間的變幻，以及物與物之間的相互關係，進行充分的、合理的想像，使作品具有神奇的色彩和濃郁的生活氣息。

◇（二）《娥嬌與金丹》

《娥嬌與金丹》流傳於黔東南苗族地區，整理本長達一千兩百餘行。長詩集中反映了娥嬌和金丹衝破傳統婚姻制度的束縛和桎梏，最後贏得婚姻自由的過程。

苗族的婚姻自古沿襲族外通婚加舅權制，族內禁婚，長女必須嫁回舅家，聯姻往往是在兩個固定的部落進行。隨著時間的推移，氏族的擴大，氏族內部的血緣關係逐漸疏遠，而氏族與氏族之間的血緣關係反而逐漸增加了。到了封建社會，如果仍墨守「古規」，不講條件地禁止族內通婚，不僅已失去族內禁婚的進步意義，反而為居住分散的苗族人民帶來人為的障礙，造成許多「有情人」不能「成眷屬」的抱恨。正是在這種歷史、文化的背景下，產生了嬌娥與金丹之間的婚姻矛盾。因此，他們為爭取婚姻自由而進行的抗爭，無疑具有抗擊封建婚姻制度的積極意義。

《娥嬌與金丹》藝術上擅長利用矛盾衝突展開情節，表現人物性格。例如娥嬌與金丹的愛情，先後遭到寨老、舅家、富戶、姜千等人的反對和破壞，雙方的矛盾衝突一波未平，一波又起，始終圍繞古規陋習破除與否這一主要矛盾展開一個回合又一個回合的較量，從而突出了娥嬌與金丹不折不撓的抗爭精神，深化了主題的社會意義。

長詩還巧用比喻和象徵來抒情、敘事和說理，語言富於表現力。例如姜千聚眾公議娥嬌與金丹違反古規的過錯，青年人反對說：「田裡的蝌蚪，同個媽媽生，圍著穀樁轉，日久也成雙。」女孩們說：「山上的斑鳩，同個巢裡長，繞著樹林飛，日久也成雙。」大家質問道：「娥嬌與金丹，各是各的父母養，為什麼不能遊方？」反覆設喻，層層遞進，很有說服力。

此外，長詩善以細膩的描繪表現人物的內心情感。

◇（三）《桑妹與西郎》

《桑妹與西郎》流傳於雲南省文山壯族苗族自治州自稱「金門」的瑤族地區。全詩十三章，一千四百餘行，包括序歌、桑妹、西郎、探訪、結情、說親、爭辯、相思、許婚、悔婚、逃奔、成親、尾聲等內容。

長詩透過桑妹與西郎的愛情遭遇，鞭撻了嫌貧愛富的封建思想及封建制度對青年男女愛情的摧殘，同時讚頌了桑妹與西郎為自由幸福而抗爭的精神。

這首長詩撼人的藝術力量，首先表現在它濃郁的民族生活氣息，通篇利用與瑤族人民日常生活有密切連繫的事物設喻作比。詩中所描繪的許多生活或事物，都是瑤族地區特有的，如度戒（宗教習俗）、紮竹針、數柳葉、對歌，以及以薑、茶、菸、錢等作為訂婚聘禮，通俗易懂，辭淺意美，給人一種親切感。

《桑妹與西郎》屬七言歌體，語言以質樸見長。例如詩中讚揚桑妹出口成章的歌才：「看見八角唱八角，看見香瓜唱香瓜；看見山雀唱山雀，看見靛花唱靛花。」詩句既口語化，又別具韻味。

◇（四）《娓生和銀根》

《娓生和銀根》流傳於廣西都安瑤族自治縣七百山區，是在巫師所唱的贖魂歌的基礎上整理而成的敘事詩。

長詩塑造的娓生是瑤家普通婦女的形象，她是勤勞、賢慧、堅貞、剛強的典範。長詩擅以想像與誇張的手法敘事抒情，表現主題。

《娓生和銀根》原是一首招魂歌，帶有明顯的迷信色彩。整理本剔除糟粕，保存精華，使其反封建的思想傾向昇華為具有社會教育意義的主題。

綜上所述，中東南地區民族題材的兩類長濤都貫串反封建的主題。愛情婚姻敘事詩透過各族人民愛情婚姻問題上的衝突與抗爭，或揭露封建的婚姻制度，或批判習慣勢力對婚姻和愛情的危害，或鞭撻「門當戶對」、嫌貧愛富的等級觀念，或讚揚衝破封建禮教的羈絆，或肯定「決心自己選夫婿」的果敢行為。總之，這些作品具有深刻的社會性、抗爭性。同樣，反映社會或民族抗爭重大題材的敘事詩，有的直接抨擊封建王朝的暴政，反映勞工人民的痛苦與不幸；有的透過總結歷代封建王朝的榮衰更迭，闡明封建制度腐朽與滅亡的必然性；有的頌揚人民不屈不撓的抗爭。它們集中地展現了歷史發展的主流，代表了人民的心聲。

民間傳說

北方地區民間傳說

蒙古族和滿族上層曾入主中原，分別建立了元朝和清朝。這兩個民族各自湧現出許多英雄人物。這些重整河山的英雄人物在人民的心目中留下了深刻的印象。

清太祖愛新覺羅．努爾哈赤是傑出的政治家和軍事家，也是滿族的民族英雄。有關這位深受人們懷念的一代天驕，有許多傳說在民間廣為傳頌。

最著名的是《老憨王的傳說》。由《佛頭媽媽》、《黃犬救主》、《老鴰灘》、《索倫竿子的來歷》等傳說組成。大意是：老憨王努爾哈赤幼年時為明朝總管李成梁當茶童，李成梁誇耀自己當總兵全憑腳心有三個黑痞子。小憨說他有七顆黑痞子。李成梁認為他是「腳踏七星」的真命天子，便有了殺心。李成梁的侍妾連夜放走了小憨。在逃跑的路上，小憨暈倒在一片草甸子裡，當明兵焚燒草甸子時，黃狗出來相救，用水擋住火舌，小憨得救了，而黃狗卻累死了。明兵追到山上，在危急時刻，又是一群烏鴉鋪天蓋地飛來，遮住了憨王的身體。後來老憨王當了皇帝。為了報答救命之恩，努爾哈赤立下許多規矩，今天滿族人供奉的「無事媽媽」（或佛頭媽媽）就是為紀念李成梁的侍妾喜蘭的。此外還規定滿族不食狗肉等習俗。

《老憨王殺兒》的傳說說的是在今遼寧撫順市東的大夥房水庫，原是薩爾滸村，老憨王努爾哈赤和明朝遼東經略洋鎬，曾大戰於此。老憨王先派大兒子去打探明軍虛實。大兒子說明軍人強馬壯，老憨王斥其危言聳聽，動搖了軍心，把他殺了。又派二兒子去刺探，他回報說明軍雖然人多勢眾，但有身無首，可以擊敗，眾兵聽後精神振奮，並一舉擊敗了明軍。

從努爾哈赤的傳說中，不難發現滿族崛起時代的民族精神面貌，如強烈的振奮民族聲望的熱情和渴望建功立業的精神。人們把努爾哈赤當做民族之魂，頌揚他的事蹟、人品和才幹，相互鼓舞，從而提高民族的聲望，顯示民族的力量。這些傳說運用想像、誇張等藝術手法，而故事情節又完全符合滿族崛起時的民族心理。

蒙古族中流傳著很多成吉思汗的傳說。其中「箭筒士」（阿兒合孫虎兒赤）的傳說載於《黃金史》、《蒙古源流》和《成吉思汗傳》。傳說的大意是：成吉思汗遠征索倫古德部，與該部落的合蘭公主成親，不思返鄉。監國的箭筒士（宿衛）阿兒合孫虎兒赤受孛兒貼兀真皇后之命，前去覲見成吉思汗，設喻道：「白海青產卵於娑羅樹上，以為娑羅樹可靠，卻被花豹惡鷹毀了巢，吃掉卵、雛；俗語說，鴻雁孵卵在葦叢中，以為葦叢可恃，卻讓白爪惡鷹壞了窩，吃去卵、雛。我聰睿的主上，明鑑吧！」主上問：「虎兒赤的話，你們明白嗎？」眾臣說：「不明白。」主上自己懂得了，聖諭：「所謂娑羅樹，指我的眾伴當；所言白海青，乃我自身；所謂花豹，指高麗國，所謂窩、巢，指太平大邦。所言葦叢，乃廣闊大國；所謂鴻雁，指我本身；所言之鷹，乃高麗國；所謂卵、雛，指我的后妃、諸子；所言窩、巢，乃太乾大邦。」聽了阿兒合孫虎兒赤的勸告，成吉思汗急忙返回故鄉。

縱觀蒙古族的歷史，它崛起時正是蒙古族發展史上的黃金時代。這一時期蒙古族在極其艱難的環境下集中而又充分地顯示了它的創造力、進取氣魄、團結精神，創造了永垂青史的民族偉績，奠定了民族振興的基礎。抗爭環境培養了蒙古族對民族英雄事蹟的熱愛和崇拜的熱情，這種熱情幫助蒙古族在民族內部和整個社會關係上保留自己。箭筒士勇於面諫成吉思汗，而成吉思汗又能傾聽諫議，虛懷若谷，正展現了這一時期民族崛起、蓬勃向上的精神。第二個傳說，說明成吉思汗具有超人的武功和才幹，因此眾望所歸。傳說無疑具有想像的色彩，但是它產生的根源存在於蒙古族的歷史條件之中，存在於蒙古族普遍的精神要求之中。

在封建社會時期，北方各民族湧現不少歷史人物。人民滿懷熱情地追述他們的英雄事蹟，表達了對祖先的懷念。蒙古族的《滿都海斯辰夫人》先後載於《蒙古黃金史綱》、羅卜桑丹津的《黃金史》和《蒙古源流》等歷史典籍。滿都海斯辰夫人原是滿都喇汗的小妃子，二十歲孀居。滿者喇汗是成吉思汗的十二世孫，在他即位前，蒙古封建領主之間一直發生內訌。滿都喇汗駕崩後，親王巴彥孟合被人殺害。巴彥孟合的兒子巴圖孟合和達延汗年方四歲。在這緊要關頭，滿都海斯辰夫人挺身而出，撫養幼子，束髮戴冠，親自征戰和執掌國事。當科爾沁的寶勒德王向她求婚時，為了延續成吉思汗嫡系子孫的汗統，抑制分裂割據的局面，她斷然拒絕。表現出這位歷史人物以國事為重的胸懷、堅定果決的雄才大略和軍事才幹。

滿族流傳著《薩布素將軍的傳說》，薩布素是清代愛國將領，西元一八八〇年代任黑龍江將軍，抗擊沙俄的雅克薩戰鬥中，屢建奇功。《神驅鹿絕處逢生》說薩布素被革職後，前有敵兵壓境，後無糧草供應。這時他的報國忠心感動了長白聖母，她驅下一群麋鹿為士兵充飢。《薩布素買草》說薩布素的部下少付了老百姓的草錢，薩布素親自向老人賠禮補錢。此外，還有《薩布素單騎入鄂寨》、《穆昆達教子射騎》等。這些傳說從各處間接反映了北疆各族人民保家衛國的信念，謳歌了在反侵略抗爭中不畏強敵的精神。

西北地區民間傳說

中國西北地區各少數民族的民間傳說，到了封建社會時期，伴隨著社會生活的擴大，經濟形態的變化，生產力的發展，呈現出嶄新的面貌，思想內容更加豐富，形式種類更加繁多。所表現的主題更加具有社會意義、現實意義，藝術性更高，生命力更強。維吾爾族的《巴格達的由來》、《喀什「海茲萊提毛拉姆麻扎」的傳說》、《「喬康亞」的傳說》等；哈薩克族的《鳳凰是怎樣離開人類的？》、《長命泉的傳說》等；撒拉族的《駱駝泉的傳說》等；東鄉族的《赤孜拉嫵的傳說》等；回族的《巴里坤龍馬的由來》、《鳳凰的傳說》、《葫蘆河的傳說》、《焉耆馬的傳說》等等都是典型的「口傳的歷史」。

《「喬康亞」的傳說》是維吾爾族的人物傳說，它透過主角吾甫爾和托乎提古麗被封建地主殘酷迫害致死的悲劇故事情節，表達了備受壓迫和剝削的窮苦人民對嚴酷無情的封建禮教所造成的悲慘命運的血淚控訴和強烈抗議。故事情節曲折，悲劇的結局具有震撼人心的力量。

《鳳凰是怎麼離開人類的？》是一篇哈薩克族的人物傳說。它透過鳳凰與蘇列依敏打賭的故事，說明了人間為什麼沒有鳳凰的緣由。故事帶有一定的幻想性，情節是虛構的。但是，它仍然是人類社會生活的折光，表達了勞工人民追求幸福，自由戀愛婚姻的美好願望和理想。這個傳說想像豐富，構思新穎，獨具匠心。

西南地區民間傳說

◇（一）人物和史事傳說

《黑虎將軍的傳說》流傳於茂汶羌族自治縣沙壩黑虎鄉一帶。它歌頌了一個羌族的無名英雄，也解釋了羌族悼念死者時披麻戴孝、全身著白習俗的來歷。

羌族人民在封建社會裡身受幾層壓迫，生活在水深火熱之中。這一時期出現了很多以反侵害、反壓迫為題材的傳說，像《王特的故事》就描寫了一位勇於和朝廷抗爭，帶領人民鬧脫倉歸土、脫土歸州的民族英雄。故事的字裡行間飽含著羌族人民的血淚，也記錄了他們的可歌可泣的英雄事蹟。這些傳說敘事真實質樸，情感深厚，對人民有很大的激勵作用。也展現了這些民族熱愛故土、渴求和平安寧生活的真摯感情和強烈願望。

《唐東傑布》是歌頌一個為藏族人民建立功績的歷史人物的傳說。故事敘述早先藏族居住的地方，山高谷深，水流湍急，上無橋梁。人們只有依靠牛皮船渡河，非常不便。有的地方人們揹負物什，趕牲畜，都只能涉水而過，連牛皮船也沒有。碰到漲潮，常被洶湧的大浪捲走。唐東傑布決心在河上修建橋梁。他走遍西藏各地尋找資助。他的行動感動了吉尊卓瑪（至尊渡母）神女，夢中指點他到雅隆窮結去請善歌舞的七兄妹幫忙。他與七兄妹到處表演歌舞，募集了足夠的資金，在群眾的幫助下，沿河修築十三座鐵索橋。唐東傑布這一功績為子孫後代所稱頌，大家尊他為鐵橋大師。

唐東傑布實有其人。故事透過唐東傑布修築鐵索橋，讚揚了他為人民解除苦難，不辭辛苦，「走遍西藏」，集資籌金的感人事蹟。

白族《殺州官》的傳說反映的是清康熙年間劍川人民的一次起義抗爭。劍川州官夏一松無惡不作，激起公憤，終於爆發了以蘇、楊兩位老人為首的農民起義。起義軍以黑布為旗，拿著鋤頭、釘耙、柴刀、斧頭，從巖場箐直奔州城，殺進衙門，把夏一松砍成肉泥。清政府派兵進剿，揚言要「殺得劍川寸草不留」。後來白蛇圍住清營，迫使清兵撤退。這一傳說運用傳奇手法來歌頌人民起義的勝利。

木必本是傈僳族蕎氏族中某一家支的首領。明代後期（十六世紀中葉），因避戰事，率本家支由滇西北瀾滄江以東越江進入怒江地區。他的事蹟反映在《木必的傳說》中：為了懲治無惡不作的皇帝，召集窮人家造反。他在羊角上點燃松明子，趕羊群上山，滿山遍野亂跑，製造兵馬無數的假象，使敵人心驚膽顫，不戰而逃。皇帝不甘罷休，又派人捉拿他。他用炭灰把臉抹黑，假裝啞巴，才得以逃脫。木必晚年時，嫉妒他的人設計暗害他，都被他識破。後來，有人用有毒的鳥毛插在他手上。木必發現自己已經中毒了，便對老妻說，他死後要保持坐的姿勢，把琵琶放在他胸前，把笛子放在嘴邊，還要捉來兩隻蜘蛛和兩隻蜜蜂。木必死了，仍然安詳地坐著。蜘蛛在弦上做網，發出動聽的音樂聲。蜜蜂在笛管裡「嘀哩嘀哩」地叫著。害木必的人懷疑鳥毛是否有毒，各自決定在自己的手上試一試，結果他們都被毒死了。

西元一八〇一至一八〇三年，滇西北納西族地區爆發了恆乍繃領導的各族人民大起義。起義雖被鎮壓下去，但抗爭事蹟卻長期流傳在人民口中。傳說恆乍繃出生在瀾滄江畔一個傈僳村寨，從小跟父母學武藝，箭術超群。還精通草藥，為人治傷。百姓親切地稱他為「沙尼」。土司衙門的「千總」說恆乍繃自稱「沙尼」，把「千總」不看在眼裡，就用傈僳族人認為的最毒辣的辦法來侮辱他，又假裝請恆乍繃喝酒，表示賠禮道歉。恆乍繃喝得酩酊大醉，被「千總」關進監牢。三天後，傈僳弟兄來找恆乍繃，「千總」不讓進門，說恆乍繃已經投誠了。眾人不見「木刻」不信。「千總」威迫恆乍繃刻「木信」，他堅決不從。群眾回寨子召集壯丁百餘人，扛著長矛，拿著砍刀，殺進衙門救出了恆乍繃，恆乍繃又指揮弟兄殺了「千總」。

關於恆乍繃的傳說很多，例如《開倉濟貧》、《劫取四十馱》、《大戰敢死溝》、《雨夜突圍》等在傈僳地區廣為流傳。

◇（二）風物傳說

風物傳說包括地方風物、物產、天地日月、風花鳥蟲、人工物以及各種習俗傳說。這些傳說都凝聚著各族人民對自身創造精神的審美觀照。由於它們產生於封建社會，因此大都帶有時代的印記和階級的烙印，帶有反封建、反剝削、反壓迫抗爭的濃郁色彩。像納西族的《石牌坊的來歷》、《杜鵑鳥的來歷》、《阿套五古勒》、《龍女樹》，羌族的《太子墳》、《撂官巖》，藏族的《茶和鹽的故事》；還有一些解釋物的外貌特徵及其來歷的傳說，如普米族的《腰帶的來歷》、《百褶裙的來歷》、《月亮上的花紅樹》等等。

《杜鵑鳥的來歷》反映了納西族進入封建社會以後，貧富差別越來越明顯，領主、財主、土司欺壓窮人的方式越來越殘酷，除經濟上的剝削外，還從肉體上進行蹂躪、摧殘。這則故事反映了杜宇決心為被姦汙凌辱致死的母親報仇的故事。杜宇是個孤兒，父親被抓去當兵，母親被財主姦汙凌辱致死。蜜蜂送給杜宇一雙翅膀，並教給他翻江倒海的法術，讓他為母親報仇。他施展法術，淹沒了財主的田產、房屋和人畜。

杜宇報了仇，就飛到森林裡去找母親，後來變成了杜鵑。至今到了清明節，杜鵑總飛回來，啼叫著尋找母親，直叫得滿口流血。與此題材和形式相類似的還有《珂套五古勒》、《口弦的故事》等。

這一時代納西族產生了很多這類題材的傳說，都反映了當時嚴酷的社會現實。智慧的納西人民，運用浪漫主義與現實主義相結合的手法，憑藉想像的翅膀來抒發自己的情懷，實現自己的理想。故事中的人物、事件、生活場景的描繪是人間的、寫實的，而情節卻是虛擬的、變形的。他們就是運用這一手法著力表現現實中應該做到而未能做到的事。這些故事都有較高的思想性和藝術性。

羌族的《太子墳》、《摺官巖》是以羌族地區特有的風物為背景，以反抗封建統治者的爪牙——地方官、財主為主題的傳說。

《太子墳》在羌族地區廣為流傳，深得羌民的喜愛。故事描述了一個聰明智慧、有勇有謀的窮人孩子王谷之太，他痛恨那些殘暴成性、欺壓百姓的土司、官府，一心想為民除害。一次打柴時，天爺木比塔送給他神弓神箭，要他射死皇帝為民除害。從此，他帶領各寨人民與官府土司抗爭。鄉親們親切地稱他為「太子」。太子不幸被官府捉去，捆在十字路口，酷刑折磨，給他灌注毒酒，但他至死不屈。臘月三十太子告訴母親，將於大年初一為民除害，囑咐母親準時叫醒他。初一早上太子搭上神弓，向正南一箭射出，射中龍椅。可惜皇帝遲到一刻，未能射中，而太子卻毒發身亡。羌民悲憤地禮葬了自己的英雄，但官府卻想扒墳毀屍。羌民們大為憤怒，高舉兵刃，手挽手緊圍在墳墓四周，官兵不得靠近。忽然太子墳變成了一個大山包，嚇得官兵四處逃竄。太子墳透著一種濃郁的懷念英雄之情，至今依舊巍然聳立在龍山頂上。

《搰官巖》流傳於羌族地區汶川縣境，是一則反對服役，機智除掉貪官的傳說，主題具有強烈的現實性與反抗性。它們都是利用自然環境中的實有之物，歷史上的實有之事，藉助自然景物的外貌特徵，擬物喻事，來揭露統治階層的罪惡，歌頌為民除害，寧死不屈的民族英雄。事實具體，情節感人，具有濃厚的羌族地方色彩和民族色彩。

納西族的《龍女樹》和藏族的《茶和鹽的故事》其題材較為相似，都描寫了一對青年男女為了追求美滿幸福的愛情生活而殉情的悲劇。

《龍女樹》中的主角龍女，據說實有其人。故事大約發生於明朝中後期。木天王妄想侵吞北人（普米族先民）和納西族聚居地永寧，以聯親為名，邀「北」王訂盟。不想木天王的女兒龍女與「北」王的兒子一見鍾情，結為伉儷。老北王去世，王子即位。木天王要王子將永寧併給木家。王子不從，木天王便詐說有病，將女兒龍女接回，企圖設計加害王子。這一陰謀被龍女偷聽到，義憤填膺，讓獵狗送信給王子。王子接信後立即起兵討伐木天王，不想半途中伏，全軍覆沒。信被搜出，龍女被囚於遊春亭裡，當她得知丈夫身死戰場，痛哭力竭而亡。百姓們悄悄燒掉亭子，為她舉行了火葬。翌年春，遊春湖中央長出了一株亭亭玉立的海棠樹，人們取名為「龍女樹」。這則傳說不僅歌頌了龍女夫妻對愛情的忠貞，也讚揚了龍女為了民族團結，反對戰爭而獻身的精神。

《茶和鹽的故事》流傳於四川省甘孜藏族自治州地區，是獨具藏族特色的一幕愛情悲劇。茶和鹽是藏族人民生活中不可缺少的主要飲食。故事中的主角變成下茶和鹽，永不分離，象徵他倆永遠存留在藏族人民之中。故事主要敘述了一對誓死相愛的男女青年，一個是住在河東岸女土司的女兒美梅措，一個是住在河西岸轄部落土司的兒子文頓巴。兩人從小隔岸放牧，朝夕相望。共同的工作使他們產生了深厚的感情。可是兩個部落世代為仇，不許兒女互婚。女土司為了杜絕女兒和文頓巴相好，讓兒子用毒箭射文頓巴。老大、老二不忍心，用鳥血搪塞，被阿媽驗出，臭罵了一頓。又叫三兒子去射死文頓巴。美梅措見文頓巴中了毒箭，趕緊用馬送他回家。並向他表示：「今生不能在一起，來生一定做夫妻！」文頓巴回家後即中毒身亡。為文頓巴舉行火葬時，美梅措穿上最好的衣服，戴上最美的首飾投身火中，和自己心愛的人一起化作灰燼。女土司將他們的骨灰分開埋葬在河的東西兩岸，結果東岸長出一朵大紅花，西岸長出一朵大黃花。女土司將花掐折了，兩岸又長出兩棵樹，小鳥在樹上不斷啼鳴。女土司將樹砍倒了，並射死了小鳥。最後文頓巴變成了鹽湖裡的鹽，美梅措變成了茶樹上的茶。藏族人民吃糌粑時，煮上濃茶放上鹽，漂幾坨金黃的酥油，拌上糌粑，吃起來滿口濃香。藏族人民誰也離不開它，女土司再也無法將他們分開了。

這則傳說具有強烈的反封建色彩，文頓巴與美梅措的愛情悲劇是進入封建社會的各民族中帶有普遍性的社會問題。作品採用散韻結合的形式，語言通俗質樸，保持了藏族在創作上一種獨特的表現手法，深受人民的歡迎。

《茶和鹽的故事》有多種異文，有的以純韻文形式流傳，有的以散韻形式流傳，內容情節也有差異，但反封建這一主題是共同的。

解釋事物的外貌、特徵及其來源的傳說故事有普米族的《腰帶的來歷》、《百褶裙的來歷》、《月亮上的花紅樹》。《月亮上的花紅樹》解釋了月亮上的黑影的來歷。故事說：有一個凶惡的老妖婆，吃了兩個女孩子的母親後，假扮母親，黑夜裡騙開了女孩子的家門，和她們同睡。老妖婆半夜裡把妹妹吃了，機智而又勇敢的姐姐逃跑出去，躲在一朵花紅樹上。第二天，老妖婆發現姐姐躲在花紅樹上，還想吃她，反而被她用巧計殺死了。妖婆流了一灘血水在樹根下，樹根下立刻長出一蓬刺來，攔住姐姐不能下來，她請月亮幫助，月亮伸出手來，把她和花紅樹一起拉到月亮上去了。從此月亮就有一顆花紅樹，從地上可以看到這顆樹的影子。普米族這則傳說生動活潑，優美動聽，充滿了普米族的生活氣息。

《蝴蝶泉》是白族著名的風物傳說。它敘述發生在蝴蝶泉的一個動人的愛情故事。傳說古時，一個勇敢的青年獵人——杜朝選，殺死一條大蟒，從蛇洞裡救出兩位少女。兩位少女願嫁獵人為妻，以報答救命之恩。杜朝選沒有答應，依然上山打獵去了。兩位痴情少女到處尋找獵人，來到蒼山腳下龍潭邊，仍未見他的蹤影，便傷心地哭了起來，最後一齊跳進了龍潭。

杜朝選為兩位女子的殉情所感動，也於四月二十五日跳潭殉情。杜朝選投潭後，從水裡飛出了三隻美麗的蝴蝶。三隻蝴蝶代代繁衍，每逢四月二十五日，龍潭周圍聚集許多五顏六色的蝴蝶，附近的百姓都到這裡趕會，來祭奠殺蟒英雄，「龍潭」也改為「蝴蝶泉」了。這個美麗動人的傳說，至今還激動著白族人民的心靈。

西南地區的民間傳說有強烈的反封建色彩。有一部分作品是直接描寫反封建英雄人物的。他們抗皇帝、鬥官兵、殺州官、反土司、橫掃腐惡，可歌可泣。對他們的描繪，往往是透過幻想的情節展開的。作品把虛構因素、幻想成分及離奇現象與可信的人或物連繫在一起，從而表達了反封建的主題。有一部分反土司作品，是透過情節離奇的愛情故事來展開的。與生活貼近的風物及習俗傳說，則反映了人們的生活情趣。西南地區傳說中有工匠傳說，這在民族傳說中是不多見的。

華南地區民間傳說

唐代前後，屬於嶺南越族中不同支系的壯侗語族諸族先民，逐步向民族形成的方向發展，期間伴隨著各自代表人物的出現、歷史事件的發生、風俗習慣的形成以及居住地域的相對穩定，因而各種傳說應運而生，並得到很大發展。

◇（一）人物和史事傳說

包括各民族歷史人物和歷史事件的傳說，主要有水族的《民丁》，布依族《德者的傳說》、《王仙姑的故事》，侗族的《吳勉》、《金王的傳說》，毛南族的《盧道一過堂》，黎族的《黃道婆在崖州》，傣族的《諸葛帽》，壯族的《儂智高的故事》、《瓦氏夫人的傳說》、《韋銀豹的傳說》，以及壯族歌仙劉三姐、侗族歌師吳文彩的傳說等等。

《儂智高的故事》是壯族著名的傳說。儂智高是宋代廣源州（今左江地區）人。西元一〇五二年他率領壯漢族人民舉行反宋起義，在南寧建立南天國，稱仁惠皇帝。曾揮師東下，圍廣州五十七天，後與狄青激戰於歸仁鋪，敗走雲南，不知所終。他反抗封建王朝的事蹟被編成故事，在民間廣為流傳。《儂智高的故事》敘述儂智高是武鳴極多村人（一說寧明人，一說大新下雷人），家貧，與寡母相依為命，受盡財主欺凌。他自幼習武，長大後殺死財主，攜母出逃。儂智高為人剛正，好打抱不平。是年大旱，他殺掉下鄉逼賦的貪官汙吏，率眾造反。打邕州，建南天國，直搗廣州城下。所到之處，殺富濟貧，深得民心。後狄青偷渡崑崙關（今邕寧、賓陽交界處），儂智高戰敗歸仁鋪，遂退守大明山，自己即被長虹馱上九天雲霄。

按史實，儂智高出身壯族小首領世家，本人曾任羈縻廣源州首領。由於交趾進犯，他請求朝廷保護，屢遭拒絕，憤而起兵反宋。史載儂智高「殺知州陳珙及廣西都監張立」，「殺曹覲於封州，殺趙師旦、馬貴於廉州，餘殺官吏甚眾」，「民不得入者皆附智高」，因而「勢益張」。故事傳說顯然對有關吏實作了藝術加工和發揮。儂智高出身寒門，驍勇善戰，克敵致勝，被塑造成農民起義英雄的形象，受到崇敬和信仰。雖然起義失敗了，但像神一樣昇天。故事的結尾帶有濃郁的傳奇色彩。

同樣，吳勉的傳說富於浪漫主義的傳奇性。吳勉是明代洪武十一年（西元一三七八年）黎平一帶侗苗農民起義的侗族領袖。洪武十八年，義軍發展到二十多萬人。後明王朝派大軍鎮壓。《趕山鞭》與《倒栽樹》說的就是吳勉運用智謀禦敵突圍的動人故事。《趕山鞭》敘述當明軍向黎平推進時，吳勉使出趕山鞭，把羊角崖的岩石像牛羊一樣向前驅趕，經佳所、永從、頓洞直抵信洞坎，一路岩石滾滾，煙塵蔽日，驚天動地。原想趕到八洛河上游築壩河，水淹明軍，可惜被一位女子說破天機，岩石便不動了。《倒栽樹》敘述吳勉於嶺遷寨被圍，為了安定軍心，他倒栽一棵樹苗，預言樹活，義軍必勝。樹果真栽活，義軍士氣大振，趁夜突圍轉移。這兩個故事頌揚吳勉的神力與智謀，表達了人民對起義軍及其領袖的讚譽和摯愛。這是歷史人物故事經常表現的深刻主題。

布依族《王仙姑的故事》是以嘉慶二年（西元一七九七年）王阿崇（王囊仙）、

韋朝元（七絡須）領導的南籠起義為背景創作的民間傳說。王仙姑家境貧寒，賣柴為生，因受買柴人欺負，揮起扁擔反抗，後率眾起義，群起響應。傳說王仙姑能撒豆成兵，竹節為炮，黃泥做火藥，打擊敵人，所向披靡。故事情節與人物刻劃適用了誇張與想像的手法，主題富有教育意義。

《禿尾馬》反映的是明代嘉靖年間壯族愛國女將軍瓦氏夫人的幫事。嘉靖年間，倭寇侵犯江浙沿海。兵部尚書張經素知俍兵（壯族兵丁）驍勇，徵調禦寇。五十八歲的瓦氏夫人親率七千兵前往蘇淞一帶，與永順土家兵配合，打了抗倭以來第一次大勝仗，斬敵三千，得到皇上嘉獎。抗倭名將俞大猶有一次不幸陷入重圍，瓦氏奉命救援。她率領手下二十四位名將，衝鋒陷陣，把敵人殺得潰不成軍。瓦氏一馬當先，衝入倭陣尋找俞大猶，倭寇卻難敵其鋒芒，避讓唯恐不及，只能望其項背，伸手抓她坐騎的馬尾。待戰鬥結束，瓦氏的坐騎已成禿尾巴了。從此，瓦家軍威震敵膽，江浙百姓誇她「花瓦家、能殺倭」。

《劉三姐》是壯族歌仙的傳說。劉三姐又叫劉三妹、劉三娘，唐代人，生於西元七〇五年到七一〇年之間。她的事蹟遍及嶺南，被壯人尊為神，塑像供奉。《蒼梧縣志》說她「出入必歌，使紡績而故紛其絲，隨歌隨理，即有緒；使給田，歌如故，須臾終畝」，可見是個善歌的婦女。她遺下的歌很多，膾炙人口，一九六〇年代初將其事蹟編為歌劇和電影，響滿五洲。

《劉三姐》的情節是這樣的：在廣西宜山城外的下梘村，有個劉老頭和劉媽，生有一男一女。有一天晚上，劉媽夢黃鶯叼著頭髮撲入胸口，十月後生下一女叫善花，因排行第三，人稱劉三姐。劉三姐聰明過人，出口成章，找她對歌的人成群結隊，但都沒人敵過她。村裡有個李示田，勤勞誠實，向劉三姐學歌，兩人相好。村裡財主莫懷仁，人稱「莫壞人」，找個媒婆上門要討三姐為妾，被劉三姐罵得狗血淋頭：「我不愛壞人不愛財，你瞎了眼睛亂跑來。一抓稻草四塊板，叫你壞人狗洞埋。」

「莫壞人」又用銀子請陶、李、竹三個水客與三姐對歌，沒有得逞。他趁劉三姐與李示田在下梘積古山上邊砍柴邊對歌，偷偷拿砍刀砍斷籐條，劉三姐掉到河裡，漂了三天三夜到柳州。後來喬裝打扮回到村裡，對「莫壞人」說三姐沒有死，躲在石巖中。「莫壞人」叫她帶路，他一進巖洞，劉三姐用枴棍敲下一塊大石，把他壓扁了。她回到家找到李示田，同赴柳州魚峰山對歌三天三夜，就不見了。人們說她成仙了，在山上鯉魚巖裡塑像紀念。也有人說他們到桂林七星巖，對歌七晝夜之後，化為黃鶯飛上藍天，巖裡也塑了石像。

這篇傳說有說有唱，情節曲折，生動活潑，它透過幾個對歌的場景，為塑造人物做好鋪墊，直接又間接突顯了歌仙的本領。又透過與莫懷仁的抗爭，突顯了她的勇和謀。前後照應的黃鶯投胎及三姐變黃鶯的情節，使「仙」味得以昇華，造成了一種超凡脫俗的浪漫主義的藝術效果，十分感人。

《吳文彩的傳說》中的吳文彩，是清代嘉慶道光年間貴州黎平臘侗有名的侗族歌師，他編了不少長詩和侗戲，是一位成果卓著的民間藝人。傳說透過編歌使一對被迫拆散的夫妻團圓和演奸臣盧托十分逼真這兩個具體而生動的情節，間接塑造了吳文彩的形象。說明了他的作品有很高的藝術感染力，從而讚揚吳文彩的歌才和藝術功力。

◇（二）習俗傳說

有關節日、服飾、康樂、文藝用品等題材，構成了傳說的豐富內容，作品主要有壯族的《特屈的傳說》、《牛王節》、《三月三歌節》、《霜降節》、《稔果的來歷》、《美麗的壯錦》，仡佬族的《首烏的故事》，侗族的《鬥牛的來歷》、《三月三傳說》，毛南族的《頂卡花》，仡佬族的《江水斷流》，黎族的《紋身的來歷》、《三月三的來歷》，傣族的《划龍船的傳說》、《高升的來歷》，水族的《端節由來》、《卯節的來歷》、《魚姑娘》、《三月掛青》等。

此外，由於壯侗語族各族詩歌、音樂、舞蹈比較發達，因此有關傳說也比較多，其中比較著名的有傣族的《貝葉信》、《贊哈的始祖》，侗族的《陸大用的傳說》、《吳文彩的傳說》，京族的《獨絃琴的聲音》，壯族的《劉三姐的傳說》、《馬骨胡》，布依族的《月琴的傳說》、《木葉的傳說》、《姐妹簫的傳說》、《勒尤的故事》等。

《江水斷流》解釋了仡佬族春節用十塊刀頭（方塊肉）祭江的來歷。它說，原來住在貴州的仡佬祖先，遷往雲南避難。他們經歷了千辛萬苦抵達南盤江上游八達河。此時，前有大江，後有追兵，十分危急。領頭人不禁仰天長嘆：「天呀！」豈料話音剛落，江水突然斷流，讓仡佬人通過；然後江水復流，阻擋追兵。仡佬人到達雲南硯山落戶，繁衍子孫。為了紀念這次不平常的渡河，後人特意在春節用十塊刀頭肉擺成橋墩，用糯米做成草鞋形的粑粑當橋板，組成長橋，以表達仡佬人對祖先艱苦歷程的感念之情。

傣族《划龍船的傳說》敘述傣族龍舟競渡的習俗來源。漂亮的勐巴拉納西國七公主相中了心上人，她違父王許嫁宰相西納諾家兒子召冒相罕的旨意，把花環套在心上人艾洪窩的脖子上。國王惱羞成怒，便與西納諾設計謀害艾洪窩。第一回限他三天內取百鹿心治病，第二回要他三天內取百條大小一樣的青魚肝，但都難不倒艾洪窩。第三次，國王命七個女婿十天內造龍舟競渡，暗中卻傳旨六個女婿在賽船中把艾洪窩的船撞翻。

賽船開始，艾洪窩乘坐的小船突然變成了一條大船，跟國王及六個女婿乘坐的大船一模一樣，那是水裡龍王變的。帕雅英（天神）也化作一陣陣狂風為艾洪窩助威，頓時瀾滄江上狂風大作，巨浪排空。國王、西納諾和國王的六個女婿想在風大浪大的時候，用自己的船撞翻艾洪窩的船。他們把七條船擺開，把艾洪窩乘坐的船包圍在中間，然後依次用船向艾洪窩的船衝撞，但沒能撞翻，只是把艾洪窩的船幫撞破了，那是龍王身上的鱗片。這可把龍王給氣壞了，牠用尾巴一甩，把國王、西諾納和國王的那六個女婿連人帶船一起捲進了滾滾的波濤之中……

為了紀念艾洪窩，傣家人便有了傣歷新年舉行龍舟比賽的習俗。這個富於鮮明民族特色的傳說，具有情節曲折生動、現實主義和浪漫主義巧妙結合的突出特點。其中許多細節反映了傣族人的生活習俗，特別是以龍舟撞船來達到罪惡的目的，是傳說中有獨創性的情節。

有關服飾的傳說很多，毛南族的《頂卡花》就是其中之一。「頂卡花」是帽底下編花的意思，即花竹帽。這種竹帽用金竹篾與墨竹篾交織而成，做工精細，花紋美觀，是女子得意的物品。傳說穿山洞山腳下有位女孩叫譚靈英，聰明俊美，是個孤兒。有一年，從北方逃難來了一位漢族後生叫金哥，長得結實英俊。他們在工作時建立了愛情。有一回，金哥做了一頂「頂卡花」，下田時適逢大雨，他便和靈英一起躲進了「頂卡花」下。雨後，金哥把帽子送給女孩，花竹帽便成了愛情的信物。後來金哥思念北方家鄉，又戀南方山水，他便以神奇的竹殼刀去鑿通山腹，想逃到北方去。但因為靈英去找他，破了祕密，竹殼刀失去神力，金歌只好留在南方，與靈英共同創造美好的生活。從此，花竹帽成了毛南族女子最喜愛的工藝品。

紋身裝飾是越人古老的習俗，被認為是一種獨特的美。黎族的《繡臉的傳說》另闢蹊徑，把紋面與烏娜姑娘的愛情遭遇連繫起來。它說，古時美麗、勤勞的烏娜姑娘與憨直的後生勞可相愛。可是，皇帝選美竟然選中烏娜。他們只好提前成親，逃到海中孤島——海南島生活。皇帝派兵到海島追捕，烏娜急中生智，用刺把臉劃破，迫使皇帝無可奈何，把她放了。後來，烏娜與勞可一起逃到荒山密林生活，為了防止皇帝選美搶人，女子們都效法烏娜繡臉，黥面因而形成習俗。這個傳說揭露了皇帝的荒淫無恥，歌頌了兩位青年堅貞的愛情，表達了黎族人民對皇帝的否定和憎恨，有積極的意義，富於人民性。

水族的《魚姑娘》故事，解釋服飾的來源。它敘述月花湖畔窮後生阿珍，網到一條金色大魚，拿回家養在缸裡。金魚竟變成美麗的女孩。原來她是一條成仙的魚，擅繡花織錦，因為看不慣龍王腐朽與龍母的刻薄而出逃。她與阿珍喜結良緣後，教水族女子紡織。縣官妄圖強占魚姑娘，即令她一天內交一百匹綢緞。魚姑娘當即挽雨為紗，頃刻間織成一百匹綢緞。縣官用武力把她搶入衙門，魚姑娘即呼風喚雨，發洪水淹死了縣官。由於使盡法術，她不能變為人形，變成了天邊的彩虹。水族女子們為了紀念她，把花邊鑲在衣襟上，象徵彩虹，又戴上她留下的銀簪玉鐲，渾身光彩照人。這就是水族服飾鑲邊和戴銀器的來歷。

文藝傳說是壯侗語族各民族特有的傳說，它反映了這些民族發達的民間文學藝術。

傣族有鋩鑼、贊哈、竹籠、畫神、貝葉信等傳說，布依族有關於銅鼓、貝琴、木葉、姐妹簫、勒尤等樂器的故事，優美動人。

《諾嘎蘭托和贊哈》說諾嘎蘭鳥擅歌唱，歌聲悅耳迷人，不幸被召尤產姣王子射傷，幸虧得到善良的玉姐救治。諾嘎蘭鳥為了感謝玉姐的救治之恩，就把自己婉轉的歌喉給了玉姐，她就成了傣族第一個民間歌手贊哈。布依族《勒尤的故事》敘述勒尤發明者是一個為土司打工的後生勒甲，他逃到深山開荒度日，桐木林裡的蟬聲勾起他悲苦的回憶，有一隻蟬鑽入他削製的空心桐木管，發出悲壯動人的鳴聲，勒甲後來在上面加上長哨，第一支勒尤就這樣誕生了。

京族傳說《獨絃琴的聲音》是一個曲折動人的故事。它敘述沙螺島上漁民院通、石生兄弟，父母死後相依為命，打魚為生。不料，院通變懶，又娶個狡詐的老婆，便遊手好閒混日子。石生則勤勞為本，天天捕魚打柴。後來院通誣石生殺死為非作歹的螃蟹精，獲得皇帝的獎賞。誰知皇帝命令院通去救被烏鴉精搶走的女兒，院通求石生幫忙，石生果然救了公主，同時也救出了龍王。龍王於是送他一把獨絃琴。後來石生被招為駙馬，院通受到懲罰，這個故事宣揚了善有善報、惡有惡報，雖然包含一些消極的思想，但主題是積極的。藝術手法曲折多變，語言生動，是一篇較好的敘事作品。

華南地區少數民族傳說以其篇章繁富和題材眾多而著稱。在這些作品裡，有描寫儂智高等一大批農民領袖的，有歌頌抗倭英雄的，有反映文物古蹟的，有讚頌民族團結的，有說明海產來歷的，有詠嘆愛情的，有追溯音樂、舞蹈，節日、花邊、文字、琴類來歷的，有表彰民間藝人的，洋洋灑灑，蔚為壯觀，特別是出現了一大批文藝傳說，在其他地區是少有的。這些作品圍繞反封建這一主題，反覆申述，是非明晰，主調強烈，語言激烈，表達了各族人民強烈的反封建思想，富於現實意義。在手法上，繼承傳奇性這一傳統，即使是儂智高這樣歷史上曾使皇帝震驚的英雄人物，其情節也披上了炫目的神奇色彩，更突顯了人物形象，有一種兀立天地的立體感，表現了不凡的藝術功力。

中東南地區民間傳說

苗、瑤、畲以及高山等民族的民間傳說中，反映反封建抗爭的人物及史事的傳說占有相當的比重，這是與歷史上中東南各民族所遭受的封建制度的壓迫與剝削極為深重，反抗抗爭頻繁，英雄人物輩出有密切關係。習俗傳說以溯源民族節日及風俗為主，風物傳說取材於山川、風物來歷，它們都從不同的角度，表現了各民族絢爛多彩的社會生活風貌。

◇（一）人物和史事傳說

苗、瑤、畲等民族在封建制度的殘暴統治下，受盡剝削和壓迫，反抗暴政的抗爭風起雲湧。

瑤族從唐代至鴉片戰爭的一千兩百多年間，從漢文史籍記載的唐代永泰二年（西元七六六年）湖南桂州山區瑤民反抗抗爭算起，至元代以後反抗抗爭更加激烈和頻繁。據不完全統計，元至清末的七百年間，瑤族人民的大小反抗抗爭達百次以上。明代是瑤族遭受壓迫最甚的時期，封建王朝對瑤族進行「三年一鵰剿，五年一大征」。因此，反抗最為激烈。規模較大的起義就有六次，如嘉靖年間大藤峽瑤民起義持續了三十多年。

這一時期，苗族地區發生了多次的農民起義，其中規模較大的有明正統十四年（西元一四四九年），清雍正、乾隆年間（西元一七二五至一七三六年）以及乾隆、嘉慶年間（西元一七九五至一七九六年）等幾次起義抗爭。

歷史上，畲族和漢族攜手合作，曾多次聯合起義以反抗封建統治階層的殘酷剝削和壓迫。

苗、瑤、畲等民族的這些可歌可泣的反抗抗爭，在文學上都有反映。例如，苗族的《哈氏三兄弟》、《守寨記》、《菜粑粑》，瑤族的《大藤峽的傳說》、《金龍出大洞》等就是這時期的代表作品。

苗族的《哈氏三兄弟》是一則充滿浪漫主義色彩的民間傳說。它熱情歌頌了苗族古代農民起義的英雄及其事蹟。哈氏三兄弟的光輝形象，是苗族人民理想和願望的化身。在他們身上，展現了人民的強大力量和對反動統治階層的刻骨仇恨。

清乾嘉年間，連綿不斷的湘西和黔東南苗族地區的農民起義形成驚天動地的聲勢。抗爭中湧現出來的許多可歌可泣的英雄人物和英雄事蹟，人們把它們編撰成故事，口碑相傳，沿襲至今，影響極為廣泛。這些傳說主要有《守寨記》、《草鞋記》、《七星山》、《菜粑粑》、《突圍記》、《神兵記》等，其中《守寨記》和《菜粑粑》頗具特色。

《守寨記》敘述吳添豐領導義軍堅守村寨的傳奇故事。吳添豐足智多謀，為守村寨，巧布機關，用竹筒裝滿火藥掛在樹上，在清兵進犯時如同機關連發，炸得清兵血肉橫飛，潰不成軍。吳添豐出奇兵乘勢出擊，衝亂敵軍陣腳。這時，義軍人人騎著板凳，揮舞木製大刀，以迅雷不及掩耳之勢，從四面八方蜂擁而來，潰退中的清兵疑是天降神兵，個個心驚膽顫，丟盔卸甲，四處逃竄。

《菜粑粑》是一則動人的傳說。主要敘述吳八月領導的義軍被十倍於己的敵人打敗後，大家把失敗的原因歸咎於「菜粑粑」，說是吃了菜粑粑才沒力氣打仗。吳八月教育大家說：「菜粑粑是人民送來的。……為了支援自己的隊伍，他們忍飢挨餓，吃盡草根樹皮，把僅有的糧食做成菜粑粑送來，這菜粑粑代表著多麼崇高的感情！」他還把群眾中流傳的一首民歌唱給大家聽：「聽說阿哥去殺狗官兵，就把包穀黃豆都掃清，做成菜粑粑竈上蒸，倉裡的糧食一顆也不剩，全家哪怕天天吃草根，只願阿哥殺絕狗官兵。」在吳八月的耐心勸導下，起義軍受到很大鼓舞，士氣大振，重整旗鼓，誓與清兵殊死決戰。

以上兩則傳說情節並不曲折，主題卻頗為深刻。前者歌頌了起義軍的機智、勇敢，貶斥了敵人的愚蠢、怯弱；後者歌頌了起義軍與人民的血肉關係，形象地反映了「兵民是勝利之本」這一顛撲不破的真理。

《大藤峽的傳說》這則傳說歌頌了十四世紀中葉侯大苟領導的廣西大藤峽瑤民義軍機智果敢、英勇殺敵的大無畏氣概，同時也無情地揭露了韓雍之流對瑤族人民的殘酷鎮壓。韓雍率軍十六萬圍剿大藤峽，採取「凡瑤人不分男女老幼，見者均殺；凡遇瑤寨，放火燒毀，雞犬不留」的滅絕政策，他的所謂戰地詩句「積屍如山血如川」便是這種喪心病狂鎮壓瑤族人民的自供狀。

《金龍出大洞》是清代趙金龍領導湖南江華瑤民大暴動的真實寫照。這則傳說透過祠堂圩之戰，熱情讚揚義軍領袖趙金龍的機智勇敢、百折不撓、勇於反抗的英雄氣概和品格；嘲笑敵人的無能懦弱，表現出瑤族人民的民族自豪感和樂觀主義精神。

在歷史上為高山族人民做出貢獻的英雄事蹟中，《吳鳳的傳說》被人們廣為傳楊。吳鳳，福建平和縣人，康熙六十一年（西元一七二二年）任「理番通事」。任通事幾十年間，他為高山族人民做了不少有益的事。其中，為革除「馘首」陋俗而易服殉身最為感人。傳說早年高山族有獵取生人頭顱祀祖祈求豐年的習俗。吳鳳決心革除這種陋俗，便苦口婆心地規勸高山族人放棄獵首，以舊存的骷髏代替。後來骷髏用完了，高山族人又恢復獵首舊習，吳鳳決心殉身感化他們覺悟。他說：「你們這種殺人的風俗是國法不能容忍的！但我與你們已有言在先，答應幫你們解決這一問題。明天早上，在村旁有個穿紅衣戴紅帽的人走過，你們可以把他殺死，取下首級去祭祀。不過，千萬不能殺別人，否則，神會發怒而懲罰你們的。」翌日晨，幾十名商山族人到村外埋伏，果然發現一披紅裝者緩緩西行，立即把他射死。當他們蜂擁而上取其首級時，認出死者是吳通事，感到萬分痛悔。在吳鳳犧牲精神感化下，高山族人從此革除獵人頭習俗。

◇(二) 習俗傳說

苗、瑤、畲以及高山等民族的習俗傳說頗為豐富，有反映歲時習俗的，如瑤族的《祝著節》、《耍歌堂的傳說》、《趕鳥節的傳說》、《端午節掛葛藤的來歷》，苗族的《四月八的由來》、《龍船節》、《挑蔥會》、《香爐山爬坡節的來歷》、《吃新節的來歷》、《趕秋》，高山族排灣人的《五年節》等；有反映祭祀習俗的，如瑤族的《祭祖》，苗族的《吃牛古俗的來歷》，瑤族的《纏頭巾、敲黃鼓的來由》等；有反映婚嫁習俗的，如苗族的《喜酒為什麼在女家辦》、《躲花轎》，畲族的《赤郎的故事》等；有反映喪葬習俗的，如苗族的《子更易俗的傳說》、《牛皮鼓的傳說》，瑤族《打銅鼓送葬的來由》等；有反映遊藝習俗的，如苗族的《蘆笙會的來歷》、《遊方的來歷》、

《賽馬的由來》、《舞獅的由來》等，有反映服飾及相關習俗的，如高山族的《刺面的傳說》；還有反映勞動生產習俗的，如瑤族的《挖地歌的由來》等。這些習俗傳說，從各個不同的角度和間接反映民族的歷史和社會生活，是勞工人民思想感情和願望的展現，想像豐富，色彩斑斕，語言生動質樸，具有濃郁的鄉土氣息和鮮明的民族特色。上述不同民族的不同習俗傳說，其產生年代是不盡相同的。大部分作品產生於封建社會時期，而有些作品可能產生於原始社會晚期而定型於封建社會時期。

瑤族的《祝著節》屆歲時習俗傳說，講述「布努」瑤的傳統節日——祝著節的來歷。

流傳於黔東南苗族民間的《蘆笙會的來歷》屬遊藝習俗傳說，講述熱鬧非凡的苗族蘆笙會產生的趣事。

《赤郎的故事》是流傳於畬族民間的一則婚嫁習俗傳說。這則傳說把畬族婚嫁時，女方務必請來男方會唱歌的廚師到家裡開廚點火習俗的形成說得活靈活現。

臺灣高山族的《刺面的傳說》講的是黥面這種奇特習俗的來歷。

中東南地區各族傳說題材比較多樣，其中取材於農民起義和民族風俗占有明顯的地位，篇幅較多，它反映了這些民族強烈的反封建思想和富於民族濃郁特色的風俗。作品的風格與其他地區不大相同，一種是浪漫主義的風格，以虛構成分和幻想情節來完成故事的轉折，表現主題，既真實而又離奇；另一種是現實主義的風格，雖有誇張，但以寫實為主，適當進行藝術加工。兩種風格的作品互相映襯，構成了中東南地區傳說多彩的特點。

民間故事

北方地區民間故事

◇（一）生活故事

生活故事從不同方面反映了紛紜複雜的社會生活，在各族民間故事中占有重要的地位。

在封建統治階層的剝削和壓迫下，不少民間故事對封建統治階層發出了憤怒的控訴。蒙古族有著名的《馬頭琴》和《巴林摔跤手》。《馬頭琴》寫王爺搶走了牧人蘇和的小白馬，因為不能占有牠，就將小白馬射死了。但是統治者毀掉了小白馬的生命，卻不能斬斷牧馬人對美好理想的追求。小白馬變成了馬頭琴，優美的琴聲永遠撫慰著牧人的心靈，傾訴著對封建統治者的無比憤慨。《巴林摔跤手》講的是巴林王爺有一位有名的摔跤手，王爺讓他和烏珠穆沁王比賽時定要爭得冠軍。烏珠穆沁王為了不讓巴林摔跤手獲得頭獎，召集所有的摔跤手來對付他。巴林摔跤手一一戰勝了對手，終於獲得了勝利。烏珠穆沁王只好把頭獎馬給了他，並給他一鐵車金元。但烏珠穆沁王還不甘心，又讓他把鐵車推到三十里外的紅牛亡牛那裡。巴林摔跤手馴服了吃人的紅牛亡牛。烏珠穆沁王又派兩匹駱駝追趕他，巴林摔跤手又殺死了兩匹瘋駱駝。最後他被烏珠穆沁王埋狀的火槍隊殺害了。

這兩則故事具有鮮明的蒙古族特色。馬頭琴是蒙古族喜愛的樂器，這個特有的人造物的誕生不僅反映了牧人愛馬的傳統習俗，而且與人間的悲喜劇有機地編織在一起。摔跤也是蒙古族特別喜愛的體育運動，摔跤手的命運同樣反映了人間的悲劇。這兩則故事既充滿浪漫的幻想色彩，又具有強烈的現實特色。

還有一類生活故事是反抗封建婚姻制度的。鄂溫克族著名的《阿爾丹格勒爾和雅西林》，講述一個年輕男子和一位女子相愛的故事。在約定幽會時，男子如期趕到了，女子卻因封建禮俗的約束，未能按時趕到。當女子偶獲良機趕到時，發現戀人拴在樹上的馬，早把樹皮啃光了。鍾情的男子也由於飢餓，在森林裡殉情。女子見此，抽出獵刀自刎。這則故事鞭撻了封建禮教，同時啟迪人們必須和封建的傳統觀念、倫理道德決裂。

底層百姓不甘受封建階級的壓迫和剝削，不斷地與統治者作抗爭。滿族流傳著《聽明的媳婦》，意思是少東家對汪富的媳婦不懷好意。有一次，少東家來了，夫妻倆商量好假稱縣太爺下鄉巡視，嚇得少東家藏到箱子裡。夫妻倆佯稱交不上一兩銀子為縣太爺接風，只好去當箱子。掌櫃的本來想出二百兩銀子，後聽夫妻倆說縣太爺要出五百兩銀子就急忙買下了。夫妻倆得了銀子，少東家卻氣死了。這個故事幽默、風趣、富於戲劇性，在輕鬆愉快的氣氛中，勞工人民的智慧得到褒揚，而統治階層的罪惡受到鞭撻。

與此主題相同的還有朝鮮族的民間故事《大力氣的小夥子》。故事中的主角小夥子，是人民智慧和理想的化身，他是在惡和尚獨霸集市，百姓敢怒而不敢言的時刻出現的。他勇於揚善懲惡，使窮人揚眉吐氣。惡和尚為了威懾小夥子，「從小夥子擺著的鐵器中挑出一個斧頭，用兩個手指頭用力一捏，把裝斧頭的洞眼一下子就捏扁了」。小夥子拿起和尚弄癟的斧子，毫不費力地把斧頭的洞眼重新弄正。當愚蠢的和尚氣急敗壞，向他動手時，小夥子輕而易舉地把和尚舉了起來，甩出很遠倒栽在地裡，為人民除了一害。力氣大的小夥子是人民按照自己的美學理想塑造出來的，他具有曠達的胸懷、愛憎分明的情感和勇於抗爭的性格。這種優秀的品格和抗爭性格是朝鮮族民族精神的展現。

有的故事反映了家庭生活。滿族的《弟兄山》是說長白山老謝家三兄弟的故事。這三兄弟，老大老實，老二公正，老三奸滑。一天，他們來到弟兄山面前，老二要把大的山頭給哥哥，老三說誰的馬跑得快誰就占大的。結果他搶了大山頭。誰知老大、老二的山頭卻變得越來越大，樹木茂盛；老三的山頭則越來越小，並且光禿禿的了。這個故事讚揚了人民誠實、善良的品格。蒙古族的《三個兒媳婦》的故事說，有個老漢分別給三個兒媳婦每人五顆黃豆，說過三年後再和他們算帳。大兒媳婦的五粒黃豆讓孩子玩丟了，二兒媳婦的黃豆炒著吃了，三兒媳婦的五粒黃豆種了又收，收了又種，三年後收穫了十石黃豆。公公便把所有的家產給了她。這個故事同樣表現人民的優良品格和道德觀念。

◇（二）機智人物故事

《巴拉根倉故事》是數百年中流傳於蒙古民間的龐大的故事集。它不僅流傳在中國的科爾沁草原、喀喇沁草原及錫林郭勒草原一帶，而且也在蒙古和布里亞特境內流傳。

這組故事產生於封建社會後期，是封建社會行將滅亡，階級矛盾日尖銳的反映。它以蒙古社會現實生活為題材，鞭撻了形形色色的封建統治者。有的作品以揭露和諷刺封建統治階層的精神支柱——宗教迷信為題材等。有的抨擊形形色色的剝削者。總之，《巴拉根倉的故事》涉獵的題材非常廣泛，扎根於蒙古族人民生活的沃土上。

在這龐大豐富的故事組裡，巴拉根倉是草原牧民心目中的理想人物，是智慧和勇敢的化身。他不畏強暴，對那些作惡多端的階級敵人進行了尖刻的嘲諷，無情的鞭撻。他能使威風凜凜、不可一世的王爺乖乖下馬（《讓王爺下轎》）；他能叫為非做歹的富豪、奸商當面出醜，狼狽不堪；他能幫助受欺負、遭奴役的牧民、工匠揚眉吐氣，巴拉根倉是一個具有強烈抗爭精神的形象。

而這個具有強烈抗爭精神和反抗精神的形象是透過其喜劇性格表現出來的。他不僅勇敢公正，而且睿智機敏，詼諧可愛，在封建統治者的高壓下，他善於化險為夷，柔剛相濟，靈活多變。他置統治者於狼狽之地，又使統治者理屈詞窮，啞口無言。總之，這些故事短小、尖銳、詼諧、逗趣，具有銳利、明快的藝術風格。

滿族流傳很廣的《德青天斷案》屬機智人物故事。傳說清朝時吉林將軍德英在夜裡微服私訪，聽見豆腐店的老倆口抱怨生活清苦，沒有驢推磨。後來他把老頭抓到大堂，罰老頭吃半斤鹹鹽。掌櫃是個奸商，給鹽不夠半斤，因此被罰一頭毛驢。德英把毛驢給了老人，奸商也花錢買了個教訓。故事表達了人民的愛憎。

鄂倫春族是富於幽默感的民族，民間流傳很多笑話。例如《急性子的獵人》描述一個獵人發現狍子後，急得顧不上用槍射擊，想用手一下子抓住狍子。於是用繩子把獵狗拴在身子上，拚命追趕狍子。結果狍子沒抓到，獵人卻跑死了。故事嘲笑了愚蠢的行為，雖然有明顯的誇張成分，卻突出了事物的本質。

這一時期的民間故事具有強烈的時代感。

北方地區各少數民族的民間故事，作為口頭文學創作，它是在現實生活的基礎上，經過人民的虛構、想像、概括、集中而產生的，它在封建社會這一特定的歷史時期，具有其特定的時代色彩，反映的是勞工人民在封建社會被壓迫、被剝削的社會現實及他們的理想和願望。鄂溫克族的《獵人和猛虎》講述一個貧苦獵人，因為獵取不到向封建統治者進貢的獸皮，被官吏哈蕃拋棄在山谷裡。有一隻爪子被刺扎到的老虎來到他面前，青年獵人幫老虎拔了刺。為了感恩，老虎做了他的朋友，老虎幫他獲得許多毛皮。這則故事具有濃厚的幻想性質，甚至還帶有圖騰崇拜的遺跡，但是它反映的是封建社會中的階級關係，它的矛頭直指封建統治者。儘管故事的類型不同，產生的區域不同，但都帶有鮮明的封建社會的印痕。表現了封建時代人民的控訴、人民的血淚、人民的呼聲。

西北地區民間故事

中國西北地區各少數民族在封建社會時期的民間故事，題材廣泛，內容豐富，卷帙浩繁，種類多樣，包括幻想故事、生活故事、民間寓言和民間笑話。

◇（一）生活故事

生活故事種類繁多，內容豐富。有表現農民運用勇敢、智慧戰勝巴依和國王的，有表現工匠的高超技藝和悲慘生活的，有表現青年男女反抗封建制度、禮教、倫理道德，追求自由婚姻的，有表現勞工人民的豐富的生產知識和經驗的等等。無論哪種類型的生活故事都蘊含著反封建的深刻主題，歌頌和讚揚勞工人民勤勞、勇敢、正直、無私、善良、智慧的偉大性格和高尚品格，諷刺和鞭撻國王、巴依、官吏、宗教法官、牧主、奸商等封建統治階層、剝削階級的罪惡行徑。善意嘲諷、勸諭勞工人民自身存在的缺點，也是生活故事的基本思想內容。維吾爾族的《聰明的母親》、哈薩克族的《奇妙的果園》、柯爾克孜族的《堅貞的妻子》、錫伯族的《蘆笛》、烏孜別克族的《騙子的下場》、塔吉克族的《國王和他的繼承人》、俄羅斯族的《自以為聰明的國王》、塔塔爾族的《聰明的姑娘》、土族的《青蛙女婿》、撒拉族的《阿姑尕拉吉》、裕固族的《兄弟兩個》、東鄉族的《白羽飛衣》、回族的《馬家三兄弟》等都是典型的作品。

俄羅斯族的《自以為聰明的國王》故事嘲笑、諷刺國王的愚蠢，讚揚了人民聰明智慧。這種故事也是勞工人民自我教育與娛樂的工具。

《聰明的姑娘》是一則塔塔爾族的「長工與地主」型的生活故事，它透過賣柴姑娘「以其人之道還治其人之身」的辦法進行「合法」抗爭，讓巴依「自食其果」，整治、捉弄了巴依，取得勝利的動人情節，讚揚了人民的勤勞、智慧和抗爭精神。

土族的《青蛙女婿》是一則巧媳婦和「呆」女婿型的生活故事。它透過小青蛙娶媳婦、脫皮變人等故事情節，頌揚了人民勤勞、智慧、正直、無私等高尚思想，反映了人民的道德觀和美學觀。故事中充滿了事富的想像，成功地塑造了尕青蛙「無所不能」的幻想型的人物形象，寄託了人們的美好願望。

◇（二）機智人物故事

機智人物故事與其他形式的民間故事相比產生較晚，大約萌芽於奴隸社會，發展、繁榮於封建社會。奴隸和農民處於被壓迫、被剝削、被奴役的地位，過著牛馬不如的悲慘生活，在無數次的反抗與抗爭中，他們找到了一種「智鬥」、「巧鬥」的方式，運用自己的聰明才智，揭露、打擊、嘲諷統治階層。機智人物故事是勞工人民抗爭實踐和思想智慧的結晶。

❶阿凡提及其故事

阿凡提故事尖銳幽默，名聞遐邇。

阿凡提故事是以阿凡提為主角的機智人物喜劇性的短篇故事。根據記載阿凡提原名為霍加．納斯列丁，是十三世紀生活在土耳其的一位學者。人們為了尊敬他，在他的名字後面加了阿凡提，突厥語為「先生」、「教師」之意。他除了留下很多口傳的幽默故事之外，還寫過許多詩文。他的幽默故事為中亞各國人民所喜愛，因此，在中亞各地廣為流傳。中國維吾爾、哈薩克、柯爾克孜、烏孜別克、塔吉克、塔塔爾等民族接受了霍加．納斯列丁．阿凡提的幽默故事，並結合本地區、本民族的風情特點，在幾個世紀中不斷地進行藝術再造。因此，阿凡提已不是土耳其的阿凡提，而成為中國維，哈、柯、烏等民族人民的阿凡提。他不再是一個真人，而是一個藝術的典型人物，是各民族人民知識、智慧的化身。他的語言尖銳犀利，故事詼諧、幽默，對假惡醜進行辛辣、無情的抨擊和諷刺，對真善美則給予由衷的同情和讚美。阿凡提的名字在中國早已家喻戶曉，人人皆知了。

❷毛拉·再依丁及其故事

毛拉·再依丁一八一五年生於新疆魯克沁的巴亥熱村的一個貧苦農民家庭。他天資聰穎，勤奮好學，酷愛文學，多才多藝。他曾編寫過大量的詩文和幽默故事。他編的幽默故事，滑稽詼諧，妙趣橫生，引人發笑，發人深省，反映了現實社會生活，表達了勞工人民的思想感情，使人們受到深刻的教育，為人民所喜聞樂見，流傳極廣。久而久之，毛拉·再依丁在維吾爾族人民的心目中成了阿凡提一樣的受人尊敬和熱愛的機智人物。

❸賽萊恰坎及其故事

賽萊恰坎一八一六年生於新疆喀什噶爾疏附縣的一個貧苦農民家庭，聰穎機敏過人，一生走南闖北，見多識廣，經驗豐富，飽嘗人世辛酸。

❹阿勒達爾庫薩及其故事

「阿勒達爾」是「騙人」的意思，「庫薩」是「沒有鬍子」的意思，連起來可譯為「沒有鬍子的騙人精」。阿勒達爾庫薩廣泛流傳在中國的哈薩克、柯爾克孜、烏孜別克、塔塔爾等民族也廣為流傳。阿勒達爾庫薩像阿凡提一樣，成為人人皆知的人物。

❺玉斯哈及其故事

東鄉族的《揩油》敘述賣油郎蘇里麻和玉斯哈結伴到城裡去賣油，他們找了一家小客店歇腳。賣油郎乘玉斯哈睡熟之機，將玉斯哈油桶的油，往自己桶裡倒了一點。爾後，他聽玉斯哈打呼的聲音更響了，又下了炕，提起玉斯哈的油桶，正想往自己桶裡倒油的時候，玉斯哈猛然坐了起來，眼睛直瞪瞪地看著他，說：「我的夥計，你幹的好事，趁人睡熟的時候，想占人家的便宜。」說著下了炕，拿起蘇里麻的油桶，直往自己桶裡灌，一灌就是半桶。這一下，蘇里麻急了：「唉唉，我只偷了一點點兒油，你怎麼一灌就是大半桶？」玉斯哈一面灌油，一面說：「你當我不知道，你騙鬼去吧，你偷了我兩次油，我只灌了你一次，怎麼著，你還多占我一次便宜呢！」直說得蘇里麻面紅耳赤，暗暗咒罵自己糊塗，不明事理。本來想揩人家的油，反倒讓別人揩了自己。

這則諷刺故事，是以東鄉族阿凡提式的人物玉斯哈為主角，用善意的批評，針砭勞工自私自利、損人利己的行為。

❻霍託哈吉及其故事

錫伯族的《讓馬學章京》敘述牛錄章京老爺正在用早餐，突然聽見馬蹄聲從門前跑來跑去，問誰在跑。差役回答是禿子。章京手握銀鞭，走出大門，禿娃正騎著一匹公馬跑過來，便質問道：「禿子，你知道這是誰家的大門口？」「知道。我是在調教這牲口。」「你……你怎麼敢到我門前調教？」「回章京老爺，公馬的性子應該是凶暴的。我是想叫這牲口也學學您的厲害，所以特地來您家門口調教牠！」說完禿娃跨馬飛奔而去。

以上故事是錫伯族的機智人物霍托哈吉的故事。霍托哈吉為「禿孩子、禿娃」的意思。據說禿娃長得十分難看，王公貴族財主富人嘲諷譏笑他。但是他聰穎過人，勇敢正直，愛憎分明，詼諧幽默，語言尖刻。他對那些封建統治者和為富不仁的財主，嘴下毫不留情，經常進行奚落、嘲弄、諷刺。

西北地區的民間故事有鮮明特點，首先是在故事類型中，動植物故事和機智人物故事特別發達。其次，無論哪一類故事，都比較重視從哲理的高度來展示生活中矛盾的真諦，耐人尋味，給人啟迪。特別是機智人物故事，有繞梁三日的藝術效果。在藝術手法上，西北各族故事以地區風物作為羅織故事情節的方式，我們可以在其中經常看到毛驢、雪野、沙浪，從而使作品地區特色鮮明。故事構思奇巧，如從大拇指中生出青蛙，寓有高原氣候對人影響使手腳易於龜裂的特徵。機智故事情節簡潔緊湊，矛盾集中，勸諭或抨擊語出犀利，而又明白曉易，是非了了分明，表現了西北各族特有的幽默感。

西南地區民間故事

◇（一）生活故事

生活故事包括勞動生活故事和抗爭生活故事。

納西族的《挖金子》，是教育青年人勤儉治家、工作生產的故事。故事說，有個獨生子，母親去世早，父親將他撫養成人。他長大後又懶惰又貪吃。父親在臨終遺囑中說，有兩罐金子埋在兩塊田裡，希望他去挖來使用。兒子去挖金子，可是挖來挖去總不見金子的影子，只好在挖好的田裡種上麥子。當年麥子獲得好收成，收完麥子，又把田挖了一遍，挖得再深也不見金子，又在田裡種上包穀。到了秋天，包穀收成特別好。這時，獨生子終於明白了父親的用意，人變勤奮了，日子也越過越好。這則故事講述要靠工作創造財富。

反映勞動生活的故事，還有納西族的《石門關》、《燕子與葫蘆》、《雞肉湯》等。這些故事與《挖金子》一樣，寓意深刻，至今仍然給予人啟迪和鼓舞。

抗爭生活故事的內容分為兩類，一類是直接反映人民與統治者進行的抗爭；一類是揭露某些宗教上層的虛偽面目，破除迷信。前者如藏族的《平官頭》等，後者如納西族的《吃鬼》、《復仇》等。

藏族的《平官頭》是一則官逼民反的故事。宗本限期要百姓平掉兩座大山頭，否則處以死刑，百姓叫苦不迭。一位老奶奶揹著孫兒唸叨著「平山頭，不如平官頭……」並啟發了大家團結起來把宗本殺掉了。故事揭示了官逼民造反的真理，也反映了集體力量的偉大。

《復仇》是一篇反映反抗統治階層的作品。它敘述普卡拉翁是個殺人不眨眼的土司。他的老婆史普密是大土司的女兒，又醜又不生育。普卡拉翁搶了一對貧窮老年夫婦的獨生女督娥淑蒙，還把她的父母活活打死。普卡拉翁把督娥淑蒙窩藏在九層樓上的經堂裡，九年後，督娥淑蒙生了一兒一女。女兒八歲，叫哈及格若；兒子六歲，叫哈及夾此。史普密知道了事情的真相，便毒死了土司，殺死了督娥淑蒙。哈及格若姐弟幸運脫險，被一個沒有孩子的人收養。弟弟學得一身武藝，精通箭術。後來，史普密領著隊伍攻打村寨，哈及夾此在當地人的支援下，一箭射死史普密。從此，姐弟倆與大家過上了沒有土司、沒有悲傷的幸福生活。這則故事直接反映了封建領主社會的階級矛盾，透過姐弟倆復仇的過程，揭露了統治者的殘忍霸道，寄託了農奴們希望改變自己悲慘境遇的強烈願望。

納西族的《吃鬼》是一個揭露巫術的諷刺故事。天旱歉收，農民向東巴問卜，東巴說是鬼作祟，要請他捉鬼。東巴事先做了個麵捏的「鬼」藏在草叢裡，打算當眾捉「鬼」吞吃。牧羊人發現東巴的鬼把戲，偷偷在「鬼」肚裡塞了髒東西。第二天，東巴裝模作樣地把「鬼」捉來，當眾咬吃，被一般噁心的臭味直衝鼻子，禁不住大吐一場。巫術的騙局不攻自破，東巴狼狽而逃。這個故事短小精悍，詼諧幽默，它說明了人民思想意識的覺醒，以及自我力量的確認，是一篇頗有特色的生活故事。

◇（二）機智人物故事

進入封建社會以後，隨著社會抗爭的日趨複雜，階級對立急遽尖銳，民間文學除了立足於現實的生活故事和民間笑話外，還出現了抗爭性較強的機智人物故事。藏族的《阿古頓巴的故事》，納西族的《阿一旦的故事》，白族的《艾玉的故事》，還有佤族、哈尼族、景頗族、彝族等創作的機智人物故事，都是時代的必然產物。這些故事主要透過機智人物與邪惡勢力的代表人物的抗爭，揭示了封建社會階級抗爭的尖銳性，反映了眾多人民受剝削、壓迫的悲慘處境。

藏族《阿古頓巴的故事》其主角頓巴，是藏族人民著意塑造一個被壓迫、被剝削的農奴的典型現象。他剛強開朗，樂觀詼諧，智慧聰敏，見義勇為，深得人民的喜愛。「阿古」意為「叔叔」、「頓巴」是主角的名字（其含義為「導師」），四川阿壩藏族地區稱「頓巴俄勇」，「俄勇」意為舅舅。從這些稱謂可以看出藏族人民對他的尊崇和愛戴。

納西族《阿一旦的故事》是由許多小故事組成的，主要內容是描寫阿一旦如何與土司作抗爭。

據說阿一旦實有其人，相傳生活在十九世紀上半葉。他出生在麗江縣黃山村一個貧苦農家，他家是木土司的佃戶。阿一旦小時候曾上過三年私塾，因繳不起租就把他抵押給木土司為奴。他仇恨木土司，常和傭人們一起愚弄木土司。木土司對他恨之入骨，企圖殺害他。他逃到大理一帶，輾轉二十多年，才返回故里。

《艾玉的故事》是白族的優秀的機智人物故事。它包括二十九個短篇，其中的〈艾玉稱貓〉深刻地揭露了財主的吝嗇。故事說，臘月三十晚上，東家買了三斤肉，交給幫工們過年吃，可是後來他又把肉偷走了。幫工們尋找肉時，東家說肉被貓吃了。艾玉將貓抓來一秤，剛好三斤，就說，「如果貓真偷吃了肉，這裡只有肉的重量，貓到哪裡去了？」他問得東家啞口無言。在〈對聯〉中，艾玉更顯示出了自己的智慧。有一位宗師，嫌貧愛富。艾玉出身貧窮，常常遭到他的刁難。有一天，宗師見天上下雪，靈機一動作了上聯：「天上下的是雪，下到地上，雪化為水，早知雪化為水，不如第一次下水」。他讓艾玉對下聯，艾玉隨口答道：「宗師吃的是飯，吃到肚裡，飯變為屎，早知飯變為屎，就該第一次吃屎」。宗師不服輸，又出詩讓艾玉來對：「雪塑觀音一身寒冷難受苦」，艾玉對道：「雨滴羅漢兩眼流淚假慈悲」。宗師又出道：「塔似利劍刺紅日」，艾玉答道：「城如牙齒咬青天」。宗師幾番挑釁都敗在了艾玉手下。

哈尼族《門帕的故事》顯示了小人物的機智聰明，巧妙地揭露了頭人的殘暴。它包括十六個短篇。其中〈只有說謊〉嘲笑了貪生怕死的頭人。一次，寨子裡的頭人得了病，他問門帕（即「醫生」）自己還能活多久。門帕說：「我看老爺至少能活五百年」。頭人覺得這話吹得過分，便說：「怎麼可能呢？」門帕答道：「因為老爺貪生怕死，又最喜歡拍馬的人，我不這麼說你能高興嗎？」在〈想通了嗎？〉這個故事裡，門帕又一次表現出自己的機智。頭人問道：「為什麼寨子裡的人一見我就走得遠遠的？」門帕答道：「怎麼這樣簡單的問題都想不通！」邊說邊指著身邊的一群雞說：「這群雞過得好好的，要是看見來了一隻狼，能不遠遠走開嗎？」

景頗族的《仉片的故事》集中表現了長工向主子所作的巧妙抗爭。其中，〈看屁股〉語言尖銳，風格潑辣。仉片是山官家的幫工，一次，他不小心把主子的煙鍋打碎了。主子一腳把他踢了出去，還喊道：「給我滾，從今天起我再也不要看見你的臉了！」不久，仉片和山官在路上相遇。仉片忙轉過身子，用屁股對著山官。山官發怒道：「仉片，你好大膽！」仉片說：「你不是說不想再看到我的臉了嗎？」

佤族的《達太的故事》包括以達太為主角的六個故事，〈沙子著火〉是其中的優秀短篇。達太是個孤兒，父母死時只留下一條牛亡牛，而寨子的頭人想霸占這條牛，藉口說：「這條牛是我家騾子生的，借給你家這麼久了，現在我要拉回去！」達太不慌不忙地說：「這事要請全寨人來解決，他們說是你的你就拉走。」頭人請來了全寨的鄉親。人們議論紛紛：「騾子怎麼會生牛？」達太遲遲才出場，頭人質問他做什麼去了。達太說：「我在路上見沙子著了火，用草把火撲滅了，所以，來晚了。」頭人反問道：「沙子怎麼會著火，草怎能把火撲滅，真荒唐！」達太反駁說：「沙子不會著火，草不能滅火，騾子怎能生牛呢？」故事內容深刻，而且給人一種清新的感覺。

彝族機智人物故事《么刀爸》敘述么刀爸很窮，只好去財主阿波家工作，為財主放一群山羊。財主要戲弄他，對他說，如果你能在三天內把大山羊偷偷領走，不讓我發現，羊就是你的。財主讓全家日夜看守，還把大黑狗拴在門口。頭兩晚無事，第三晚，財主一家疲倦極了，個個打盹。么刀爸便悄悄推開門，扔一把摻花椒麵的蕎粑粑給狗吃。狗被麻得啞了，么刀爸便進去殺了羊，將羊皮放在樓梯上頭，羊腸子放在樓腳下，還割下一段腸子套在吹火筒上，羊肚子放在財主女兒床上。安排就緒，么刀爸把羊肉背到自己家裡，然後又回到財主門前敲起鑼來，財主全家都忙亂起來。財主阿波下樓踩著樓梯上的羊皮，跌了下來，剛好摸著樓梯腳下的羊腸子，以為自己的腸子踩出來了，嚇得怪叫起來。財主婆去用吹火筒吹火，羊腸子弄得她滿嘴腥臭，財主女兒爬起來，摸著羊腸子以為自己生了孩子……么刀爸巧妙地懲罰了財主，大快人心。

土家族的《聰明的媳婦》透過描寫家庭關係和社會衝突，集中反映了婦女要求改變自己社會地位的強烈願望，並且突顯了她們的超人智慧。故事說，一家人有三個兒媳，大年初一，她們要回娘家拜年，公公決定試試她們的聰明，要大兒媳帶九個無腳的團魚回來，要二兒媳帶九升空心稻米回來，要三兒媳帶九斤點不燃的燈草回來。三個兒媳正為難時，巧遇一個放牛的小女孩，她告訴她們：無腳團魚是團餓；空心稻米是炒米花；點不燃的燈草是粉條。三個兒媳帶著各自的禮物從娘家回到了婆家，並把小女孩為她們解難的事告訴了公公。老人想把小女孩嫁給四兒子做老婆，但還需要考一考她。於是給她一碗米、一個蛋，要她做七樣飯，十樣菜。很快，飯菜做成了。她端出熱騰騰的稻米綠豆飯（「綠」與「六」同音）和香噴的韭菜炒雞蛋（「韭」與「九」同音）。於是她被接過來做了四兒媳，並在門口掛上，「萬事不求人」的橫匾。知府看到後，向他們要三件東西，一匹路一樣長的布，一床天一樣大的布棚，一個公雞下的蛋。公公很擔憂，四兒媳說不要怕。三天後，知府來要東西。四兒媳說，公公在後園生娃娃，知府說這不可能。她便反問知府為什麼要公雞下蛋，接著又要知府量出路的長度和天的寬度，以便織布、縫布棚，知府無言以對，悻悻而去。

西南地區民間故事以其多姿多彩而膾炙人口。首先是題材多樣化，生活的、動物的、植物的、幻想的均有。讀這些作品，猶如進入了一個琳瑯滿目的珠寶洞。其次是主題多樣化，有抨擊的，有勸諭的，有譏諷的，反映了西南各族廣泛的興味和鮮明的是非觀。在藝術手法上，超人間的浪漫主義手法的運用，使作品具有神奇的魅力。在這種手法的作品中，情人殉情後化為兩樹相交、兩鳥齊飛的情節動人心絃，表達了西南各族特有的審美觀，也透過這種手法表達了人們的堅貞不屈和美好願望，並對生活中的假醜惡進行抨擊。有的作品採取了修辭學中的頂針法，新穎別緻。

華南地區民間故事

◇（一）生活故事

生活故事題材比較廣泛，有總結生產經驗的，有反映家庭生活的，有愛情生活的，有揚善懲惡的，有反映與國王、土司、魚霸、財主作抗爭的。令人驚奇的是，在迷信思想濃厚的舊社會，還有諷刺師公的故事。

現實性較強的生活故事主要有傣族的《葫蘆枕頭》、《留頭髮的和尚和老虎》、《窮人聰明富人蠢》、《象牙做籬笆的故事》；仡佬族的《黃有林和黃有義》；水族的《登諾與阿柳》、《借表相親》、《寶珠尤》；壯族的《馬骨胡的故事》、《八兄弟戲土司》、《八哥鳥的故事》、《老三與土司》、《孤兒與龍女》、《仇山》、《神醫三界》、《一百鞭》；黎族的《神藤》、《十兄弟》、《姐弟倆》、《紅蘑菇與白蘑菇》、《惡嫂兄弟》；毛南族的《三娘與土地的愛情》、《譚含輝與三龍女》、《老法師的女兒》、《木匠娶親》、《毛嫂美姐》、《老牛皮》、《外旁和依旁》；布依族的《古相和阿秀》、《鴨兒寨》、《朵占和普米天》、《清水河與紅水河》、《長工與地主》，仫佬族的《真神武的故事》、《樂登河邊的仙蹟》；京族的《鯨魚的故事》、《田頭公計叔》、《宋珍和陳菊米》；侗族的《二可》、《鐵郎和茶妹》、《扭紀和龍遂》等等。

布依族的《清水河與紅水河》與傣族的《葫蘆枕頭》是兩篇表現同一主題的生動故事。前者敘述南弄地區七十二個行業的七十二個能人，都嫌自己的職業苦，貪圖輕鬆安逸，結果吃了大虧。後來聽從老漁翁教導，重操舊業，各恃所長，終於在清水江畔創立家業。後者說的是巖罕明與占洪沙兩個流浪兒尋找寶葫蘆，占洪沙好逸惡勞，淪為乞丐，巖罕明辛勤勞動，家業殷實，最後兩人都找到了勞動致富這個「寶葫蘆」。兩篇故事凝結著人民生活與生產的寶貴經驗，從哲理的高度總結辛勤創業、勤勉致富這一真理。

《朵占龍和普米天》講的是布依族人定能勝天的故事。在朵占龍的家鄉，有一個人們敬畏的山頭，人們迷信是龍脈，不敢開墾。朵占龍見這裡土地肥美，便在那裡動土，挖泉引水，結果年年豐收。普米天對鬼神虔信不疑，畢恭畢敬，結果反而年年遭災。這個故事的教育意義是不言而喻的。在封建社會有這樣的認知，十分難能可貴。這個故事用對比的手法突出朵占龍，很有說服力。

水族的《借表相親》十分有趣，故事說，古時一個財主的獨崽吳號，生得又黑又矮，自恃有錢有勢，纏著阿銀攀親。阿銀家叫男方來相親。吳號想出鬼主意，讓老實而英俊的表弟潘問去替他相親，阿銀果然愛上了潘問。接親那天，吳號母子把潘問關起來，潘問破壁而出，到阿銀家說清原委，阿銀的媽媽與眾人當即給他們完婚，挫敗了吳號搶親的陰謀。故事揭露了公子哥的醜惡嘴臉，鞭撻了他們的荒謬和愚蠢。

《黃有林和黃義林》是仡佬族反映家庭生活的故事。故事說，黃義林因父喪投靠伯父過日子。伯父想讓兒子黃有林霸占義林的財產，便處處虐待並謀害義林。義林被迫從軍，在戰場上屢建戰功，並和一位投誠的女將結成夫妻。伯父越發心狠，竟然把他的老母趕出去，家門行乞。義林憤然回家鄉，把家產分給村民，讓伯父拿金瓢銀瓢去討飯，結果餓死路上。這個故事譴責了殘害手足的惡劣行徑，惡有惡報。

京族的《鯨魚的故事》是一個以幻想情節結尾的反魚霸故事。故事說，船主萬曆生性凶狠貪婪，靠剝削漁民成為海上富翁。他的妻子心地善良，因為給乞丐一碗飯，竟被趕出家門。後來，她和乞丐成為夫妻，兩人勤儉持家，成為富翁。因盡力賙濟漁民，被大夥尊為領袖，管轄海關。有一回，萬曆的九條大商船經過，他拿一塊金子收買海關，沒想到海關不但不睬，反而把金子扔到海裡去。萬曆面對當年的乞丐及被他驅逐出門的妻子，惱羞之餘便跳進大海裡，變成一條鯨魚。這個故事構思巧妙，含義深刻，給人一種啟迪。

此外，壯族還流傳不少文人故事，其中比較著名的有《馮氏父子的故事》、《「大宅頌」的來歷》、《船上作詩羞眾生》和《殿試奇才封翰林》。《馮氏父子的故事》敘述隋末唐初高州首領馮盎之子馮智戴文武兼備，才華出眾。有一次唐太宗令其即席賦詩，他隨口賦詩，盛讚貞觀文治武功，因之名冠長安，授尉少卿，屢獲隨駕出征殊榮；《「大宅頌」的來歷》敘述唐代武則天初年，澄州世襲首領韋厥後人韋敬辦奪取繼承權後，大興土木，修建大城堡，並寫出《六合堅固大宅頌》以資紀念，遂開壯族作家文學之先河，名垂青史。

《船上作詩羞眾生》講的是清初乾隆年間武鳴壯族詩人，這個故事透過書生作詩、書僮封尾和兩種語言混合作詩三個情節，用鋪墊的手法，塑造了詩人的形象。篇幅雖短，人物形象卻很鮮明。

《殿試奇才封翰林》說，劉定在京會試，因為沒名人撐腰，未中狀元。做過他老師的陳宏謀去追究此事，主考官不得不拿出他的試卷來，果然做得極好。但榜文已出，不能再改，只好由皇帝面試。皇帝拿來一幅一丈多長的布，叫他從頭到尾只寫一字。劉定蘸了濃墨，從頭到尾寫了個卜字，眾官皆驚。皇帝又出二題：「何謂天下第一味？」眾人各答山珍海味，皇帝都不滿意。劉定答鹽字，皇帝這才點頭。殿試之後，進見皇后時因為不肯跪拜，不得錄用，只給了個名譽狀元，封個翰林。這個故事透過殿試讚揚了劉定的文才和詩才，並刻劃出他不肯摧眉折腰的正直傲岸品格。

◇（二）機智人物故事

機智人物故事主要有侗族《卜寬的故事》、《開甲的故事》、《滿哉咎的故事》；仫佬族的《潘曼的故事》；布依族《甲金的故事》、《曾侯的故事》、《卜當的故事》、《百力的故事》；毛南族《李進海智鬥皇帝》、《阿歐》、《龍駒》、《隆姆橋》；傣族的《艾蘇和艾西的故事》、《召瑪賀的故事》、《細維季的故事》、《布憨米》、《聰明的巖摩納》；黎族的《勞祝獻「寶」》、《阿亮》；水族《金貴的故事》等。

❶壯族機智人物故事

《公頗與土司》裡的小故事〈老爺怕風〉說土司要巡視收租，叫公頗抬轎。姨太吩咐老爺怕風，得找背風的地方才停轎。於是，凡到平壩公頗就放下轎簾，到山溝場才撩簾子。有一回在平壩土司尿急，公頗硬是抬到山溝才停轎，幾乎把他憋死。這樣，平壩糧多，土司看不到；山地糧少，他看清了。這一年他少收好多租穀，公頗樂了。

《老登的故事》裡有個小故事叫〈還債〉，說老登還不來還債，坐在塘邊對塘裡嬉戲的野鴨群發愣。財主說，你有這麼多鴨，拿鴨頂了吧！老登靈機一動，說我的鴨認主人，怕你趕不走。你待我走過山崗，才能驅趕牠們回去。誰知等老登翻過山崗，財主揚竿一趕，鴨都撲稜稜飛上天去了。老財主吃了個啞巴虧。

《打與笑》是機智人物佬巧戲弄皇帝的故事。皇帝出巡，侍從耀武揚威，老百姓紛紛迴避或拜伏於地。佬巧偏偏昂著頭走過去。皇帝大怒，問他為何如此大膽？佬巧回答，你比一切人高貴，不昂頭怎麼看得見。皇帝叫皇役們打他屁股，誰知打一下他笑一下，大打大笑。皇帝問他為什麼笑，他說你放了小民，我才敢講。皇帝傳旨放了他，佬巧站起來拍拍屁股，邊走邊說：「我的皇上吶，要是我哭，豈不是承認我犯了罪啦！」

《抱甜酒》是機智人物汪頭三戲弄縣官的故事。縣官來到龍勝，很看不起少數民族。汪頭三想捉弄捉弄他。他送了一葫蘆壯家甜酒給縣官，縣官吃了還想吃，就交給他一大擔糯米讓他做。十天過去了，三個月過去了，也不見汪頭三送來。縣官忍不住了，親自到他家去看，只見汪頭三妻子端端正正坐在罈子上，汪頭三說，得這麼孵三百六十天才成甜酒呢！縣官趕快捂鼻子，一邊走一邊說，這個甜酒我不要了。汪頭三白得了一擔糯米。

壯族機智人物故事情節單一集中，構思巧妙，語言風趣，人物形象鮮明生動，是非明朗，多以土司和財主為譏諷對象，刻劃反面人物的殘忍、凶狠及愚蠢，寥寥數語，入木三分。正面人物多為下層勞工，在他們的身上，集中了受壓迫者的反抗精神、樂觀精神和足智多謀。雖然他們的反抗還不可能越出徹底反封建剝削制度的範圍和舊的道德觀，但這類故事代表了人民對壓迫者的否定和嘲諷，對於啟發人們去認識封建社會，有積極的意義。

❷傣族機智人物故事

艾蘇、艾西和艾群是傣族三個重要的機智人物，他們是三兄弟。〈拜佛〉說的是艾蘇欠債還不起，只好去給國王跟班服役。有一次他陪國王去拜佛，國王在佛像前連磕三個響頭，合掌禱告：「求佛祖保佑，讓我家富上加富，保我命長上加長。讓我再活上一百年。」突然背後有人撲通跪下去，原來是艾蘇臀部對佛像，朝大門口磕頭禱告：「求佛祖降恩，讓我吃飽一頓飯，明天一早就死！」國王嚇一跳，責備他的做法不吉利。艾蘇長嘆說，佛早懲罰我了，不然我為什麼這麼窮苦。如果我活上百年，豈不債上加債，更還不清。國王無話可說。

〈哭死馬〉說的是國王的駿馬死了，他要全城官員、百姓哭喪。人們圍著死馬哀哭，艾西卻哈哈大笑。國王大怒。艾西說，我太傷心了，眼淚都被頭髮、眉毛吸乾了。愚蠢的國王問他既然傷心，卻為什麼仰天大笑？艾西說，起先傷心，後來見你的馬變成仙馬飛上天去了，我向牠祝賀，又怪牠為什麼不把主人帶到那麼好的地方去，我能不笑嗎？國王無可奈何。

傣族機智故事題材較廣，有諷刺國王的，有嘲笑土司的，有鞭撻壞心腸的，有解答難題的，充滿了傣人的智慧。篇幅有長有短，情節有簡有繁。構思嚴謹、語言生動、愛憎分明，很有教育意義。

❸布依族機智人物故事

〈四條腿的土司〉說，土司騎著馬，跑到甲金前面嘲弄他說：「今天怎麼跑不贏我？」甲金說：「蘇大，你四條腿，我兩隻腳，怎麼跑得過你呢？」這則故事讚頌了機智人物甲金的機警。

〈卜利偷秧〉說的是卜利貪心，夜裡偷拔甲金的秧苗插在自己田裡。第二年甲金特意在秧田裡育毛稗，卜利又來偷秧，結果秋後滿田都是稗草。〈餵豬〉說的是有個懶漢見甲金的豬又肥又壯，以為他的豬槽有運氣，於是就借去用，他比以前更懶，豬也更瘦了。他責怪甲金騙人。甲金說：「是你騙了我的豬槽！你老是讓牠餓肚子，牠又怎麼能餵肥你的豬呢？」

曾候是另一個機智人物，故事也很多。如〈攆牛上房〉敘述曾候攆趕卜利的牛上房吃草的故事；〈黑狗上神龕〉敘述曾候捉黑狗上神龕捉弄卜利去磕頭的故事。

布依族機智人物故事都比較簡短，主題單一集中，語言犀利風趣，對土司、財主或壞人的諷刺，一針見血，表現了布依族人民風趣、樂觀的性格和愛憎分明的特質。

❹侗族機智人物故事

在侗族的機智人物故事中，以布寬的故事最多。〈牛上樹〉說的是布寬在財主家看牛，財主欺他年紀小，年關想扣工錢，就叫他拉牛上山吃青的、嫩的草。布寬說，寒冬臘月，哪裡有嫩青草呢？財主說，不去就扣你工錢。布寬無法，只好拉牛上山。轉幾個山頭，好容易發現一棵長滿青嫩葉的米椎樹。布寬砍了一根長血藤穿過牛鼻，捆住牛脖，抓住藤繩往樹上拉。財主見了大罵。布寬說，樹上有青的嫩草，不拉牛上去吃，你又該扣我工錢了。財主只好賭咒不扣他的工錢。

〈寶竹筒〉說的是縣官坑害百姓，大家要求布寬捉弄縣太爺。一天，布寬領一卷侗布去賣，在半路的涼亭裡枕布捲睡著了，小偷用竹筒換去了布。他回來沒辦法向尼寬（妻子）交差，只好說這是個寶筒。寶筒的事傳開了，縣官就想用十兩黃金來買。但這個官狡猾，他聽說寶物能知失物的去向，但又要驗證才信。正好他丟了大印，就叫布寬領寶筒去衙門裡當眾說大印的去向。布寬聽罷，冒出一身冷汗。他靈機一動，說需靜心打坐七天才能啟用寶物。縣官答應他在廟裡打坐，並派衙役硃紅和黃苟天天送葷菜。布寬打坐，心裡卻很著急。他見黃苟臉色不好已猜到了幾分，便當他的面說：「誰偷走縣印？我的寶貝一清二楚，待我供奉七天期滿一問就曉得。到那時，縣太爺免不了要重辦他的罪！」五天過去還沒有音訊，布寬有點兒急了。最後一晚，一條黃狗溜進門來叼他吃不下的酸肉，他高聲罵：「黃狗吐出來！黃狗吐出來！不然你就找死！」黃苟在門外偷聽，嚇癱了，連忙向布寬求饒，供出縣印是他偷的，藏的地方也說了。布寬說寶筒早知道了，為了保安你性命，這次我不談你偷的，你也不准對任何人講，免得找死。黃苟千謝萬謝。第七天，布寬到了公堂，燒了一爐香，一手托筒底，一手拍筒身，問道：「的的咚，咚的的，縣印埋在哪地方？」又把耳朵湊近竹筒聽一聽，唸道：「的的咚，咚的的，官印埋在門口。大臺階第一層左邊第三塊條石底。」衙役果然找到，縣官大喜，要用一百一十兩黃金買寶筒，布寬說需再敬奉二十天才能交寶。他用竹筒來裝尿，拿去菜園裡倒。第十二天廖財主的牛闖進園來喝尿，踩爛了筒子，布寬告到縣太爺處，廖財主加倍賠了縣官的黃金。布寬用金子來修風雨橋，後人都感念他！

侗族的機智人物故事還很多，從題材和主題思想上看，與上面其他民族的大致相同。其中譏諷土司的比較少。在藝術風格上，侗族機智人物故事一般情節都比較複雜曲折，故事較長，描寫比較細膩，於故事之末點題時，才顯出犀利的風格，獨樹一幟。

❺其他民族機智人物故事

水族機智人物金貴的故事很多，很尖銳，很風趣。〈哪個吃的都一樣〉是說金貴受哎賴欺壓太甚，便找機會報復。有一回哎賴燉一大鼎罐豬腳待客，要金貴找盆裝，他卻倒到餵狗的盆子裡。哎賴氣得大吼起來，金貴說道：老爺，你不是說哪個吃的碗盆都一樣嗎？哎賴啞了嘴。

〈種蕃薯〉說的是土司叫金貴和幫工去種蕃薯，又怕他們偷吃，便淋了大糞，燻得幫工們很難受。挑到地頭，金貴叫大家把蕃薯撂下，各自做自己的工作去了。傍晚大家回來，金貴抬蕃薯淋上水，撒上沙，又挑回去放在土司床前，說怕窮人來偷種，我們又挖回來了。土司無言以對，臭得他房裡都待不住了。

黎族的《獻馬蛋》敘述機智人物勞祝用「馬蛋」誆財主的故事；《跳舞的故事》敘述機智人物阿亮誆峒主坐騎與好衣裳的故事。這些故事都以財主老爺的愚笨，襯托機智人物的足智多謀，生動風趣，別開生面。

毛南族機智人物阿歐和李海進，有許多小故事。其中〈不吃飯的長工〉、〈李海進智鬥皇帝〉是較著名的篇章。

此外，還有京族機智人物計叔，仫佬族的機智人物潘曼。

壯侗語族各族機智人物故事題材比較集中，大部取材於人民與土司及財主的抗爭，其次是人民與皇帝、人民內部善惡之間的衝突。主題健康明朗，有較鮮明的人民性。風格多樣，情節單一，語言詼諧、風趣，令人捧腹，充分展現了這些民族的思想傾向、道德標準、是非觀念、必勝信念和樂觀情緒。雖然這些人物並非想從根本上動搖封建制度，但他們的故事是人民辨別善惡的標準，反抗封建統治階層思想的催化劑，具有深刻的社會意義。

中東南地區民間故事

◇（一）幻想故事

高山族的幻想故事，內容豐富多彩。它們通常以描寫人與動物之間真摯、純潔的愛情為題材，讚頌勞動與愛情的主題。例如《拉赫古和魚姑娘》、《田螺姑娘》、《蛋人》等，生動地描寫魚、田螺、蛋等變成美麗、聰明、活潑的少女，與勤勞、勇敢、誠實的年輕人建立純真無邪的愛情。這些故事扣人心絃，富有鄉土生活氣息，表達了高山族人民的理想與追求。

《拉赫古與魚姑娘》敘述誠實、勤勞的孤兒拉赫古搭救了魚姑娘，魚姑娘為報答救命之恩，變成美麗的少女，與拉赫古結為夫妻。兩人互敬互愛，同甘共苦。拉赫古對魚姑娘的感情是如此之深，以至下田工作，地裡也要樹立她的畫像。不料畫像被風吹到皇帝那裡，皇帝派人持像搜人，抓走魚姑娘，霸占為妻。拉赫古輾轉各地，打聽到了魚姑娘的下落，巧妙地與她聯絡，並利用進宮賣金戒指的機會殺死皇帝，夫妻雙雙奔向自由的地方。這則故事在描寫拉赫古與魚姑娘之間血肉相依的愛情關係中展開和深化抑惡揚善的主題，顯得特別親切動人，底蘊豐富。

《蛋人》以風趣詼諧的情調歌頌勞動與愛情之間的辯證關係。故事說，一對老夫妻祈神賜予，生下一顆蛋。這顆神奇的蛋會駕車、牧牛、砍柴，唱歌賽跑也是一把好手。每逢參加勞動或其他活動之前，它總是先滾到僻靜的地方變成英俊的年輕人。「蛋人」的勤勞聞名鄉里，贏得一位女子的愛情。他們一起下田裡開墾、種地、砍柴、割草，在共同的生活中，他們之間的愛情越發深厚。儘管「蛋人」總是想方設法掩蓋自己的身分，但是，真摯的愛情使女子窺破「蛋人」的祕密，並使他終於擺脫「蛋殼」的羈絆，成為一個完美的人。故事蘊含著令人回味的哲理：辛勤的耕耘和誠實的品德贏來真正的愛情，而誠摯的愛情造就一個完美的人。這則故事正是以幻想的形式形象地闡發了高山族的愛情道德理想。

此外，悲劇性的主題在幻想故事中也很突出。這類故事，有的表現愛情的不幸，例如《花鹿與姑娘》，敘述姑娘在守護農作物時與花鹿相遇，花鹿的坦誠、熱忱和無私的品德，贏得姑娘的鍾情。可是，由於父親的無知，獵殺花鹿，終於導致姑娘撞死鹿角。這則動人的故事，讚揚了姑娘堅貞、純潔的愛情，同時也鞭撻了父親的愚昧無知。《三妹與蛇郎》敘述三妹與蛇郎的愛情生活十分幸福，大姐原先厭棄蛇郎的醜陋，不願與牠結為伴侶。但是當她得知蛇郎原來是英俊的男子，便千方百計謀害三妹，竊取蛇郎的愛情。這些悲劇性的愛情故事，都有一個共同的主題，即透過美好愛情遭到壓抑、摧殘甚至毀滅，讚揚愛情的聖潔與堅貞，同時譴責和鞭撻製造悲劇的邪惡力量。另一方面，有部分故事反映常人的遭遇，表現更廣泛的社會內容。例如《烏卡斯瑪達茲鳥和莎布斯昂鳥的來歷》，敘述一個寡婦和一個棄婦，得不到社會應有的理解與同情，便遠離人世，避於山谷，苦悶至極而變成飛鳥徘徊山間。牠們飛回人間，到處飛翔悲鳴，告誡人們別忘了寡婦和棄婦的痛苦，教育人們與人為善，匡扶弱者。《丈夫和妻子比耐寒》同樣敘述弱者變鳥的故事：丈夫擅獵，但他不願把獸皮做成皮衣給妻子；妻子善織，她也不願把織成的衣服送給丈夫。夫妻賭氣上高山夜宿比耐寒，結果妻子耐不住嚴寒而變成飛鳥，呼喚著「火！火！火！」消失在茫茫夜色裡。這些故事表達下人們對遭遇不幸的弱者的深切同情，也寄託著不幸者渴望變成飛鳥離開塵世以求精神解脫的幻想，客觀上反映了現實社會的黑暗與不平等。

高山族這一時期產生的反映愛情生活的幻想故事，還有《蚪蚪人情話》、《老鼠的尾巴為什麼光禿禿》等等，都是比較成功的作品。

苗、瑤、畲等民族反映愛情題材的幻想故事，大都著眼於讚美健康、幸福的愛情生活，歌頌勇於與封建制度抗爭，追求自由美好理想的精神和品格，現實意義較強。例如，瑤族的《五綵帶》、《隆斯與三公主》、《百鼠衣》；苗族的《蚌殼姑娘》、《孤女與龍女》、《仙女的故事》、《蛇郎》，畲族的《取魔盒》等。其中以瑤族的《五綵帶》、苗族的《仙女的故事》和畲族的《取魔盒》較有特色。

《五綵帶》的故事梗概是：瑤家孤兒阿古，他種的稻穀成熟後老收不完。為此，心裡焦急萬分。正當他忙得不可開交的時候，天上玉帝的七個女兒變成了七隻天鵝飛落他的田裡，脫下翅膀，變成了七位女子，幫他收稻穀。

最小的仙女由於眷戀人間生活，和阿古產生了感情。她用計讓六個姐姐回天宮，自己留下與阿古成親，一年後，生下了白胖的男孩，取名堅美仔。

玉皇大帝對七仙女與凡人結婚非常惱火，三次派雷公傳令七仙女回宮。七仙女不從，玉皇第四次派雷公傳令：如再不回天宮，不但把她劈死，而且還要懲罰她的丈夫和兒子。七仙女為了丈夫和兒子的安全，只得回宮覆令。臨行時她囑咐丈夫，七月初七這一天，她會從天上放下五色綵帶，讓父子倆抓著綵帶上天相聚，因此，每逢七月初七，父子倆便拉著綵帶上天，一家團圓。玉皇大帝怨恨凡人，暗中設下種種圈套陷害阿古。七仙女早有防範，把破除圈套的方法告訴了丈夫。玉皇大帝由於陰謀沒有得逞，惱羞成怒，把堅美仔推落凡間。

孩子跌下凡間，生死不明。七仙女十分悲憤，常常難過得淚流滿面，淚水變成雨點，化作綵帶垂下人間，盼望著堅美仔抓住綵帶再爬上天來。直到現在，雨後放晴，天邊掛著彩虹，那就是七仙女的五色綵帶。

苗族《仙女的故事》與瑤族的《五綵帶》是同一母題的民間故事。故事說，七仙女中最小的一個到凡間某處的池子裡洗澡時，有一個青年拿走了她的衣服和翅膀。仙女平時就喜歡這個勤勞的青年，便和他結了婚，生了孩子。後來迫於父親的淫威，仙女不得不和丈夫分別，回到天上。仙女的孩子長大後，從父親口中知道了母親的身世，經歷了重重艱險，來到天上尋找母親，並懇求外公准許母親回到凡間團圓。執掌天庭的外公不但不承認凡人是親人，反而多方施計，企圖害死七仙女的兒子。為了保護孩子，保護他與凡間丈夫的愛情，仙女跟父親展開了一場激烈的抗爭，最後取得了勝利。父親無計可施，只好讓他們回到人間。

這兩個故事都有著強烈反抗封建婚姻制度，歌頌自由、堅貞愛情的主題。故事中塑造的七仙女形象，是千千萬萬農村婦女的代表，集中展現了她們追求自由婚姻和美好生活，勇於向封建制度宣戰的高尚品質。

兩篇故事的結局不盡相同。《仙女的故事》以仙女最後戰勝父親而獲得返回人間與丈夫團聚的權利，以大團圓告終，顯然寄託了人民的美好理想和願望。《五綵帶》的結尾多少含有悲劇的色彩，仙女的兒子堅美仔被推落凡間這一撼人心魄的結局，表現了封建勢力的頑固和殘酷，從而激起人們對封建制度的無比仇恨。這兩種結局，都具有現實的教育意義。

畲族的《取魔盒》是一篇感人的愛情故事。它敘述風神、雨神的兒子雲郎下凡幫助香娘採茶，兩人在勞動中相愛，結成夫妻，過著幸福的生活。

風、雨二神發現雲郎私自下凡，把他抓回扔進天牢。雲郎懷念香娘，在黑牢裡唱了許多山歌。悽切哀婉的歌聲感動了看守魔盒的畫眉鳥。畫眉鳥飛到茶山上，將雲郎被關押天牢的消息告訴了香娘，並說只有取來天宮的魔盒，才能搭救雲郎。為了營救丈夫，香娘穿上畫眉鳥的羽毛，裝扮成畫眉鳥，進入天宮取小魔盒，帶回茶山。香娘把魔盒一開啟，雲郎立刻回到了她身邊。畫眉鳥因為幫助香娘取走魔盒，犯了天規，從此逃進了深山老林。

這則故事同樣表現了與封建制度抗爭的主題。《取魔盒》還塑造了畫眉鳥這個捨己為人、助人為樂的形象，寓意深刻，有教育意義。

中東南地區各民族的幻想故事，除了反映愛情生活之外，有的幻想故事透過人與動物之間的關係，寄寓揚善抑惡的主旨。例如苗族的《虎爹爹》、《保降西和白額虎》，高山族的《烏鴉與孤兒》等都包含勸誡意義。

《虎爹爹》敘述兩個孤兒替人家當幫工，受盡欺凌，走投無路。這時，他們的父親變成一隻老虎，把他們接上山，並擊退壓迫者的瘋狂追逐和迫害。《保降西和白額虎》敘述一個善良的農民，搭救了一隻白額虎，老虎給了他許多銀錢，並給他娶了妻子。後來，農民含冤入獄，白額虎又設法把他救出來。這則故事歌頌了白額虎的知恩必報、救人救徹底的俠義行為，用以反襯人不如虎的人間醜類。

苗族的《三隻錘》以歌頌勞工善良、正義和勇敢的高尚品質為主題。他敘述乞兒小三，心地善良，每次討飯回來，總是先給一個老乞丐吃，自己卻寧可忍飢挨餓，使老乞丐十分感動。老乞丐原是一位仙人，他給小乞丐三隻錘：一隻金錘能呼風喚雨，一隻銅錘能變出高樓大廈，一隻鐵錘能變吃變穿。於是，小乞丐便帶著三隻錘漫遊天下，為千千萬萬窮苦人排憂解難、消災祛病。高山族的《烏鴉與孤兒》敘述烏鴉芙洛芙隆，遇見兩個飢寒交迫、受盡欺凌的孤兒，就變成一位老人，把他們收養於膝下，教授種粟、收割、祭祀以及做畫的道理，使他們健康成長，自立於世。這些幻想故事用生動感人的語言，不僅讚美那種光輝照人的行為，而且展示了他們純潔無私、救人救世的靈魂，博得讀者的熱愛和尊敬。

◇（二）機智人物故事

封建社會時期，在苗、瑤族民間產生了一些機智人物的故事，如瑤族的《卜合的故事》、《甘洛的故事》、《老九哥的故事》；苗族的《反江山的故事》等。這些故事透過一個既定的機智人物的活動，去嘲弄、諷刺剝削者和權勢者。這是封建社會制度下農民與地主之間尖銳衝突和抗爭的必然反映。

機智人物故事大都以主角命名，並由若干則小故事串連起來，既可單則講述，也可把若干則故事串連在一起講述。這類故事趣味橫生，諷刺辛辣，深受群眾歡迎。《反江山的故事》由〈反江山和員外〉、〈反江山的「寶衣」〉、〈反江山和守備老爺〉、〈反江山和同知老爺〉、〈反江山和老虎〉、〈反江山和找寶相公〉、〈反江山整懶人〉等小故事組成。〈反江山和守備老爺〉是其中最有特色的一則。故事梗概是這樣的：貪得無厭的守備老爺因盜賣公糧，使公糧虧損甚大，他怕上司追查，便求計於反江山。反江山要守備老爺去偷他舅爺龍財主家，以補虧損。守備老爺事在危急，不得不從。但他作賊心虛，怕在路上被人看見。反江山用計把他裝在麻袋裡，扛去龍財主家。到了龍財主家門前，反江山審訊似地問：「守備老爺，若是我們偷了官府的東西，那是什麼罪？」守備老爺不知他的用意，照實回答：「當然是死罪。」反江山又問：「若是做官的偷了我們的東西呢？」守備老爺閉口不作回答。反江山斬釘截鐵：「我來判你的死罪。」說罷，將麻袋投入龍財主院內。守備老爺被龍財主家當作盜賊，亂棍打死。

反江山利用智慧懲罰官家的這則故事，顯示了他的聰敏大智，揭示了守備老爺的愚蠢和腐爛的靈魂。反江山理直氣壯地審問守備老爺並判處死刑，令人痛快！

《卜合的故事》由〈自滾鍋〉、〈神仙竹筒〉、〈治禾〉、〈祝壽〉、〈答禮〉、〈千里馬〉、〈如意衣〉、〈還魂棍〉、〈神豬籠〉、〈遊龍宮〉等十則小故事組成。《卜合的故事》自始至終透過翁婿關係來表現農民和地主之間的矛盾和抗爭。〈自滾鍋〉故事說，卜合為了支付岳父的地租和高利貸，用計以一口破鍋換取了財主岳父的一千五百兩白銀。一天，卜合請地主岳父吃酒，事先叫妻子把爛鍋燒得紅燦燦的放在樓上。地主聽說有好吃的，高高興興地來了。卜合招呼他坐定之後，對妻子說：「岳父肚子餓了，快開火弄點菜吃飯。」地主聽說現在才開火，急得直流口水。妻子上樓不一會兒功夫，就端來了幾大碗熱氣騰騰的炒菜。地主好生奇怪：怎麼在樓上煮東西？坐下板凳未熱，菜飯就煮熟了？於是便爬上樓去看個究竟。樓上空蕩蕩的，只有一口爛鍋放在中央，走近鍋邊感到熱烘烘的。卜合裝著擔心的樣子說：「這是我家祖傳的寶鍋，名叫『自滾鍋』，不管乾肉鮮肉，下鍋就熟。我從來沒有告訴過別人，岳父你不要傳出去呀！」

地主便買下這口「自滾鍋」，免去當年地租，還加上一千五百兩白銀。地主得了「自滾鍋」，高興得連飯也不吃就往家裡走。卜合告訴岳父，這口鍋是有福氣的人才能使用，並告知了使用的方法，將豬油抹鐵鍋掛在梁上，三天之後沒有變化才能使用。

財主依照卜合告訴的方法，用豬油抹了掛繩和鐵鍋，掛在梁上。半夜裡，老鼠聞到油香便來咬繩子，繩斷鍋墜。地主看著跌得粉碎的「自滾鍋」，傷心地說：「真沒想到我是個沒福氣的。」

〈自滾鍋〉以簡潔的筆墨為我們勾勒了一個錢財萬貫的地主那種視財如命、損人利己、貪得無厭的醜態，無情地嘲諷了地主的愚昧無知，字裡行間閃耀著人民智慧的光輝。

〈韭菜的來歷〉是高山族機智人物故事。它敘述過慣荒淫無恥生活的皇帝，成天悶悶不樂，要求大臣進獻奇香異聞的珍寶以供賞玩。大臣絞盡腦汁，無計可施，找來許多味香色豔、奇形怪狀的東西，卻無法使皇帝解悶，反而受到訓斥。這時機智人物毛遂自薦，聲稱擁有天下「第一香」的寶物，皇帝旋即召見。機智人物當場放了一通響屁，皇帝及大臣們頓覺異香盈室，縷縷不絕，精神為之一振。皇帝興奮之餘，樂意重金收買他的「專利」。而機智人物的所謂「專利」，其實不過是自家菜園裡割取的一籃韭菜。他讓皇帝依法炮製品嘗，果然奏效。為了讓萬民至尊的皇帝獨享這種曠古未有的「快樂」，大臣不惜重金收買機智人物的韭菜，幾乎花光皇宮的金銀。這則故事透過風趣詼諧的情節，對愚蠢、無知而又無恥的統治階層的代表人物進行了諷刺和鞭笞，可謂淋漓盡致，入木三分。

在高山族類似的故事中，機智人物通常是一位普通勞工，運用自己的才能與智慧，揶揄、嘲弄權勢者。透過樹立機智人物與權勢者的衝突抗爭，把批判的矛頭指向邪惡勢力的總代表——皇帝。皇帝大抵是呆頭呆腦的酒囊飯袋，相反，機智人物都富有抗爭經驗。才智過人，在與皇帝的較量中往往略施小計，即占上風，取得勝利。讀者從這類故事中得到的是極大的愉快和教育。

從以上評價可以看出，中東南地區主要有幻想故事、植物故事和機智人物故事三類。這一地區的民間故事除了各自鮮明的民族特色與風格之外，普遍具有如下的共同特點：幻想故事與動植物故事占有突出的地位，比重大，內容豐富，往往借助幻想的、想像的世界代替人間的，現實的世界，透過超自然的某種神力實現或寄託人們的理想、願望與追求，反映社會倫理道德觀念，因而表現出別具一格的藝術魅力和審美情趣。

電子書購買　　爽讀 APP

國家圖書館出版品預行編目資料

少數民族文學史：祭祀歌謠 × 創世神話 × 英雄史詩，從原始社會到封建社會，玄幻中反映出現實際遇 / 李穆南，郤智毅，劉金玲 編著 . -- 第一版 . -- 臺北市：崧燁文化事業有限公司，2024.01
面；　公分
POD 版
ISBN 978-626-357-920-0(平裝)
1.CST: 少數民族 2.CST: 民族文學 3.CST: 中國文學史
820.9　　112022187

少數民族文學史：祭祀歌謠 × 創世神話 × 英雄史詩，從原始社會到封建社會，玄幻中反映出現實際遇

臉書

編　　著：李穆南，郤智毅，劉金玲
發 行 人：黃振庭
出 版 者：崧燁文化事業有限公司
發 行 者：崧燁文化事業有限公司
E-mail：sonbookservice@gmail.com
粉 絲 頁：https://www.facebook.com/sonbookss/
網　　址：https://sonbook.net/
地　　址：台北市中正區重慶南路一段六十一號八樓 815 室
Rm. 815, 8F., No.61, Sec. 1, Chongqing S. Rd., Zhongzheng Dist., Taipei City 100, Taiwan
電話：(02) 2370-3310　　傳真：(02) 2388-1990
印　　刷：京峯數位服務有限公司
律師顧問：廣華律師事務所 張珮琦律師

定　　價：420 元
發行日期：2024 年 01 月第一版
◎本書以 POD 印製
Design Assets from Freepik.com